GOSCINNY AND UDERZO
PRESENT
ANE ASTERIX ADVENTURE

ASTERIX AND CAESAR'S LAUREL BUNNET

SCRIEVIT BY **RENÉ GOSCINNY** ILLUSTRATIT BY **ALBERT UDERZO**

TRANSLATIT BY
MATTHEW FITT

DALENSCOT

Asterix®

in the Celtic countries

Scots
Asterix the Gallus
Asterix and the Gowden Heuk
Asterix the Bonnie Fechter
Asterix and Cleopatrae
Asterix and the Sassenachs
Asterix and the Olympic Gemmes
Asterix the Roman Sodger
Asterix and Caesar's Laurel Bunnet
Asterix and the Pechts

Gaelic
Asterix agus an Corran Òir
Asterix an Gladaidheatair
Asterix agus Cleopatra
Asterix agus na Sasannaich
Asterix aig na Geamannan Oilimpigeach
Asterix an Saighdear Ròmanach
Asterix agus an Cealgaire
Asterix agus Crùn Cheusair
Asterix ann an Dùthaich nan Cruithneach

Irish
Asterix na nGallach
Asterix agus an Corrán Óir
Asterix Gliaire
Asterix agus Cléópátra
Asterix agus Troid na dTreabh
Asterix i dTír na Sasanach
Asterix ag na Cluichí Oilimpeacha
Asterix ar Pháirc an Chatha
Asterix i gCoill na Cinsealachta
Asterix agus Coróin Labhrais Chaesair
Asterix agus a Mhac

Welsh
Asterix y Galiad
Asterix a'r Cryman Aur
Asterix y Gladiator
Asterix a Cleopatra
Asterix a'r Cur Pen
Asterix a Gorchest Prydain
Asterix Milwr Cesar
Asterix a Tharian y Llyw Olaf
Asterix yn y Gemau Olympaidd
Asterix a'r Pair Pres
Asterix a'r Snichyn
Rhandir y Duwiau
Asterix a Choron Cesar
Asterix a'r Argoel Fawr
Asterix a'r Pwt Bach Twt
Asterix a Gwŷr y Gogledd

DalenScot
dalen.scot

Asterix and Caesar's Laurel Bunnet
Originally publisht as *Les Lauriers de César*

Publisht in 2020 by Dalen Scot, 49/50 Bayhead, Stornoway, Na h-Eileanan an Iar HS1 2DZ
Dalen Scot is an imprent o Dalen (Llyfrau) Cyf, Tresaith, Ceredigion SA43 2JH, Wales

ISBN 978-1-913573-21-8
Translatit by Matthew Fitt
Letterin by Lannig Treseizh

Prentit by Ashford, Gosport

THE YEAR IS 50 B.C. THE HAILL O GAUL IS OCCUPIED BY THE ROMANS... THE HAILL O GAUL? NAE WEY! YIN WEE CLACHAN O UNDINGABLE GAULS AYE HAUDS OOT AGIN THE INVADERS. AND LIFE IS NAE PAIRTY FOR THE ROMAN LEGIONARIES THAT GAIRRISON THE FORTIFIED CAMPS AT BENEDETTIUM, CAPALDIUM, VETTESIUM AND PAOLOZZIUM...

ASTERIX, THE HERO O THIR ADVENTURES. A SHAIRP-WITTED GALLUS WEE FECHTER. THE MAIST DANGEROUS MISSIONS ARE AYE GIEN TAE HIM. ASTERIX GETS HIS SUPERHUMAN SMEDDUM FAE THE MAGIC POTION WROCHT BY THE WARLOCK KENSAWTHETRIX ...

OBELIX IS ASTERIX'S BEST FREEND. DELIVERIN MENHIRS IS HIS JOAB BUT HUNTIN WILD BOAR IS HIS HOABBY. OBELIX IS AYE READY TAE LEA IT AW AND GANG AFF ON A NEW ADVENTURE WI ASTERIX – AS LANG AS THERE'S HUNNERS O SCRAN AND FECHTIN. HIS DUG, GIEITBIGLIX, IS THE WARLD'S AINLY DUG ECOLOGIST AND GREETS WHENEVER A TREE IS CUT DOON.

KENSAWTHETRIX, THE KENSPECKLE CLACHAN WARLOCK, GAITHERS MISTLETAE AND REDDS UP MAGIC POTIONS. HIS SPECIALITY IS THE SWALLAE THAT GIES THE SWALLAE-ER SUPERHUMAN STRENGTH. BUT KENSAWTHETRIX KENS PLENTY MAIR TRICKS ...

AND SYNE THERE'S HEIDBUMMERIX, CHIEF O THE TRIBE, MAJESTIC, BRAW AND CRABBIT. THE AULD FECHTER IS RESPECTED BY HIS MEN AND FEART BY HIS ENEMIES. HEIDBUMMERIX HIMSEL HAS AINLY YIN FEAR. HE IS FEART THAT THE LIFT MICHT FAW ON HIS HEID THE MORRA. BUT AS HE AYE SAYS, THE MORRA NEVER COMES.

MAGONAGLIX, THE MAKAR OPEENION ANENT HIS MUSICAL SKEELS IS DIVIDIT: MAGONAGLIX THINKS O HIMSEL AS A GENIUS; AWBODY ELSE THINKS HE IS MINCE. BUT AS LANG AS HE DOESNAE OPEN HIS MOOTH TAE SING OR SPEAK, HE'S AWBODY'S FREEND...

ANITHER DAY DAWS ON THE GRAUNDEST MAIST MAIRVELLOUS TOUN IN THE HAILL WARLD:
ROME.
IN SPITE O CAESAR GAUN HIS DINGER ABOOT THE NOISE AND ORDERIN DAY TIME TRAFFIC OOT O THE TOUN, THE STREETS IS HOTCHIN WI FOWK GAUN THEIR MESSAGES AND CHAPMAN BILLIES YOWLIN THEMSELS DOTTLED ABOOT THEIR WARES... FRUCTUARII, PEPONARII, OLITORES, PISCOTORES, VINARII, SILIGINARII, PASTILLARII...
ATE AW THE PIES? MAIR PIES HERE!
AIPPLES! PUND FOR A PUND!
TATTIES! NEEPS!
FUSH! HADDIES! SPOOTS!
MELONS AS BIG AS YER NAPPER!
COULTER'S CANDY! JIST WAN BAWBEE!
GABERLUNZIES AND POLLSTERS DEAVE FOWK PASSIN BY...
ONY SPARE CHYNGE FOR AULD EDDY LANGSHANKS?
AYE, NAW, DINNAE KEN OR COULDNAE BE BATHERED?
EFTER XIV DAYS IN QUARANTINE, TOURISTS CHAIRGE IN FAE AW THE AIRTS – THRACIANS, NUMIDIANS, GOTHS, PECHTS, CALEDONIANS, SASSENACHS...
AND THIS IS THE CIRCUS MAXIMUS...
Here is the Muckle Circus Hingmy...
Guess whit? The Circus Maximus...
WI AW THIS, DINNAE BE SURPRISED IF EVEN MAIR UNCO TOURISTS ARE ABOOT TAE CAM SKITIN ROON THE NIXT CORNER...

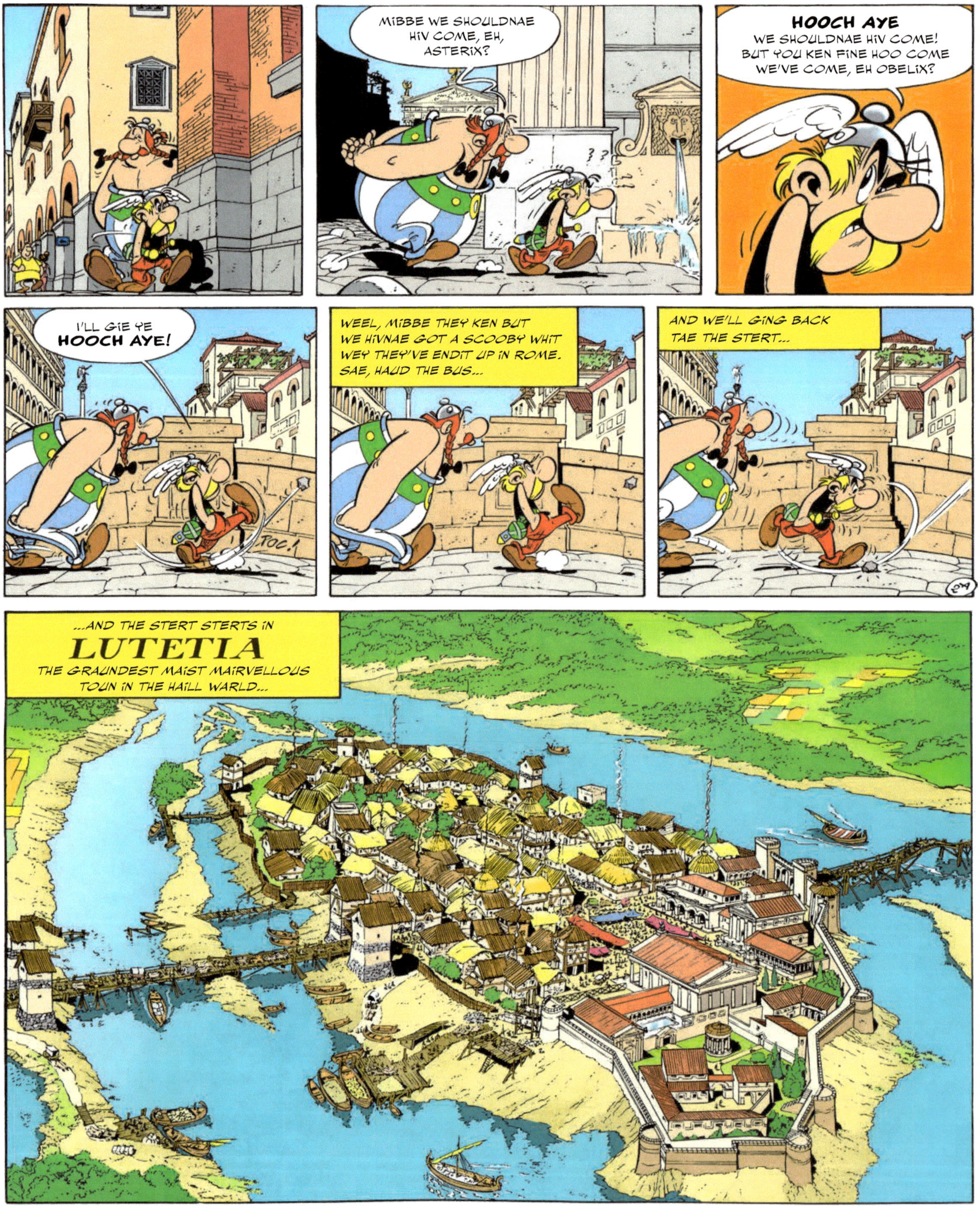
MiBBE WE SHOULDNAE HiV COME, EH, ASTERiX?
HOOCH AYE
WE SHOULDNAE HiV COME! BUT YOU KEN FiNE HOO COME WE'VE COME, EH OBELiX?
I'LL GiE YE HOOCH AYE!
TOC!
WEEL, MiBBE THEY KEN BUT WE HiVNAE GOT A SCOOBY WHiT WEY THEY'VE ENDiT UP iN ROME. SAE, HAUD THE BUS...
AND WE'LL GiNG BACK TAE THE STERT...
...AND THE STERT STERTS iN
LUTETIA
THE GRAUNDEST MAiST MAiRVELLOUS TOUN iN THE HAiLL WARLD...

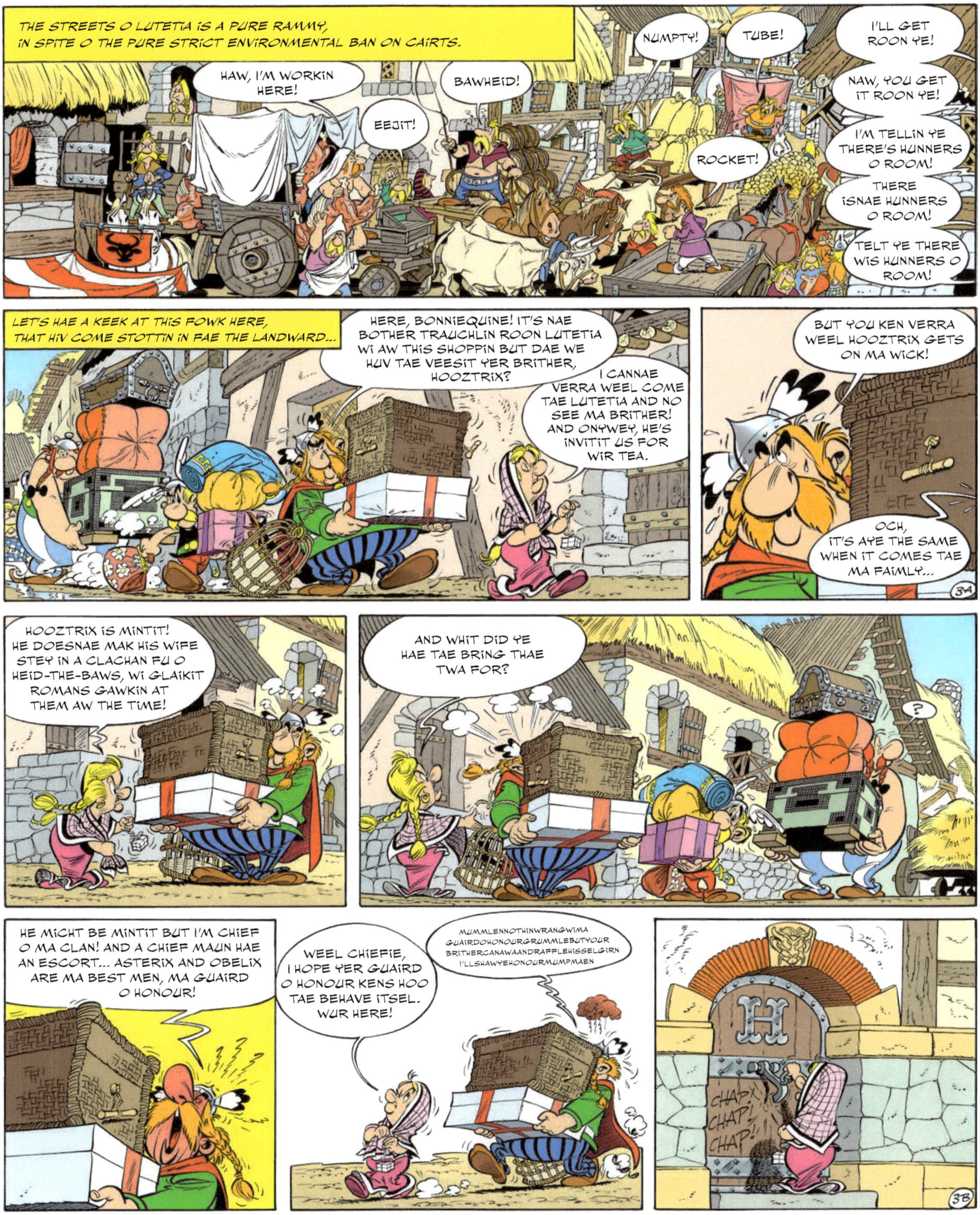
THE STREETS O LUTETIA IS A PURE RAMMY, IN SPITE O THE PURE STRICT ENVIRONMENTAL BAN ON CAIRTS.
HAW, I'M WORKIN HERE!
EEJIT!
BAWHEID!
NUMPTY!
TUBE!
I'LL GET ROON YE!
NAW, YOU GET IT ROON YE!
ROCKET!
I'M TELLIN YE THERE'S HUNNERS O ROOM!
THERE ISNAE HUNNERS O ROOM!
TELT YE THERE WIS HUNNERS O ROOM!
LET'S HAE A KEEK AT THIS FOWK HERE, THAT HIV COME STOTTIN IN FAE THE LANDWARD...
HERE, BONNIEQUINE! IT'S NAE BOTHER TRAUCHLIN ROON LUTETIA WI AW THIS SHOPPIN BUT DAE WE HUV TAE VEESIT YER BRITHER, HOOZTRIX?
I CANNAE VERRA WEEL COME TAE LUTETIA AND NO SEE MA BRITHER! AND ONYWEY, HE'S INVITIT US FOR WIR TEA.
BUT YOU KEN VERRA WEEL HOOZTRIX GETS ON MA WICK!
OCH, IT'S AYE THE SAME WHEN IT COMES TAE MA FAIMLY...
HOOZTRIX IS MINTIT! HE DOESNAE MAK HIS WIFE STEY IN A CLACHAN FU O HEID-THE-BAWS, WI GLAIKIT ROMANS GAWKIN AT THEM AW THE TIME!
AND WHIT DID YE HAE TAE BRING THAE TWA FOR?
?
HE MICHT BE MINTIT BUT I'M CHIEF O MA CLAN! AND A CHIEF MAUN HAE AN ESCORT... ASTERIX AND OBELIX ARE MA BEST MEN, MA GUAIRD O HONOUR!
WEEL CHIEFIE, I HOPE YER GUAIRD O HONOUR KENS HOO TAE BEHAVE ITSEL. WUR HERE!
MUMMLENNOTHINWRANGWIMA GUAIRDOHONOURGRUMMLEBUTYOUR BRITHERCANAWAANDRAFFLEHISSELGIRN I'LLSHAWYEHONOURMUMPMAEN
H
CHAP! CHAP! CHAP!

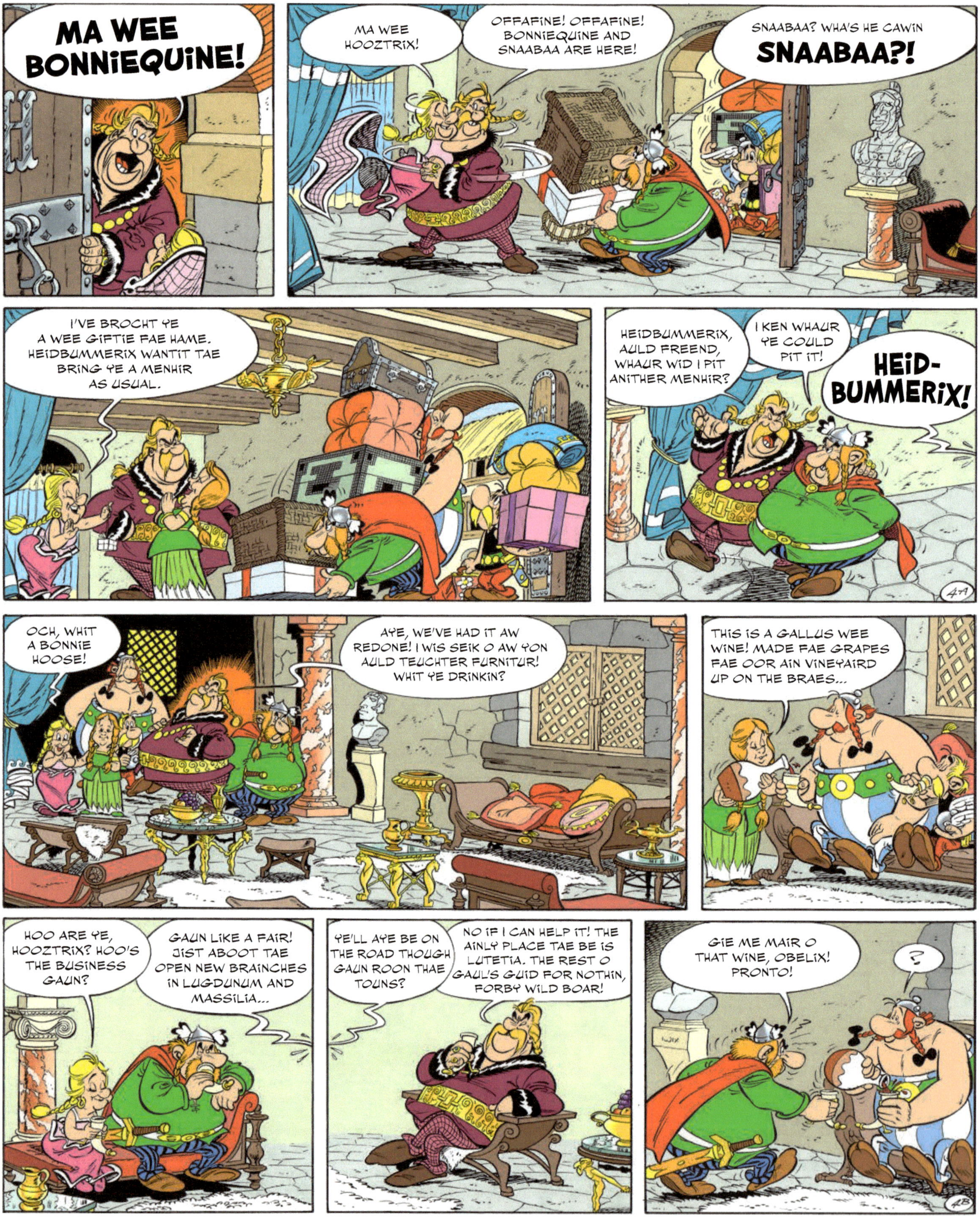
MA WEE BONNIEQUINE!
MA WEE HOOZTRIX!
OFFAFINE! OFFAFINE! BONNIEQUINE AND SNAABAA ARE HERE!
SNAABAA? WHA'S HE CAWIN SNAABAA?!
I'VE BROCHT YE A WEE GIFTIE FAE HAME. HEIDBUMMERIX WANTIT TAE BRING YE A MENHIR AS USUAL.
HEIDBUMMERIX, AULD FREEND, WHAUR WID I PIT ANITHER MENHIR?
I KEN WHAUR YE COULD PIT IT!
HEID-BUMMERIX!
OCH, WHIT A BONNIE HOOSE!
AYE, WE'VE HAD IT AW REDONE! I WIS SEIK O AW YON AULD TEUCHTER FURNITUR! WHIT YE DRINKIN?
THIS IS A GALLUS WEE WINE! MADE FAE GRAPES FAE OOR AIN VINEYAIRD UP ON THE BRAES...
HOO ARE YE, HOOZTRIX? HOO'S THE BUSINESS GAUN?
GAUN LIKE A FAIR! JIST ABOOT TAE OPEN NEW BRAINCHES IN LUGDUNUM AND MASSILIA...
YE'LL AYE BE ON THE ROAD THOUGH GAUN ROON THAE TOUNS?
NO IF I CAN HELP IT! THE AINLY PLACE TAE BE IS LUTETIA. THE REST O GAUL'S GUID FOR NOTHIN, FORBY WILD BOAR!
GIE ME MAIR O THAT WINE, OBELIX! PRONTO!
?

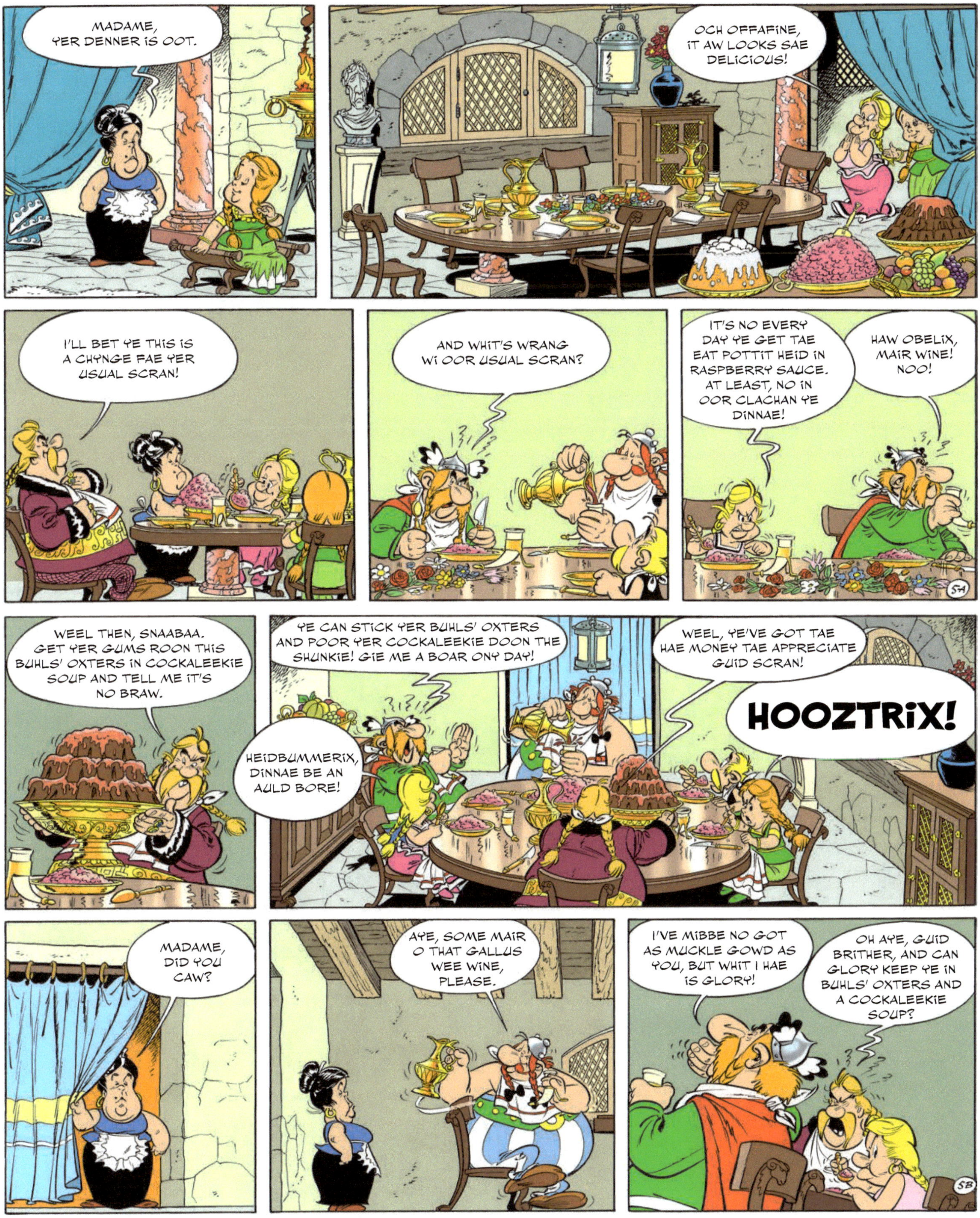
MADAME, YER DENNER IS OOT.
OCH OFFAFINE, IT AW LOOKS SAE DELICIOUS!
I'LL BET YE THIS IS A CHYNGE FAE YER USUAL SCRAN!
AND WHIT'S WRANG WI OOR USUAL SCRAN?
IT'S NO EVERY DAY YE GET TAE EAT POTTIT HEID IN RASPBERRY SAUCE. AT LEAST, NO IN OOR CLACHAN YE DINNAE!
HAW OBELIX, MAIR WINE! NOO!
WEEL THEN, SNAABAA. GET YER GUMS ROON THIS BUHLS' OXTERS IN COCKALEEKIE SOUP AND TELL ME IT'S NO BRAW.
YE CAN STICK YER BUHLS' OXTERS AND POOR YER COCKALEEKIE DOON THE SHUNKIE! GIE ME A BOAR ONY DAY!
HEIDBUMMERIX, DINNAE BE AN AULD BORE!
WEEL, YE'VE GOT TAE HAE MONEY TAE APPRECIATE GUID SCRAN!
HOOZTRIX!
MADAME, DID YOU CAW?
AYE, SOME MAIR O THAT GALLUS WEE WINE, PLEASE.
I'VE MIBBE NO GOT AS MUCKLE GOWD AS YOU, BUT WHIT I HAE IS GLORY!
OH AYE, GUID BRITHER, AND CAN GLORY KEEP YE IN BUHLS' OXTERS AND A COCKALEEKIE SOUP?

GLORY? I'LL GIE YE GLORY! GLORY'S WARTH MAIR THAN AW YER HUHLS' BOXTERS... YER BOX HUCKSTERS... THAN AW THIS GLABBER!
COME YOU TAE OOR CLACHAN! YOU AND OFFAFINE! AND YOU WILL EAT SOMETHIN YOU AND YER ROTTEN SILLER CANNAE BUY! HIC!
AND WHIT TIP-TAP DISH COULD YOU POSSIBLY SERVE ME?
IT'LL BE A SOUP BUT BETTER THAN YOUR SOUP. A SOUP FLAVOURED WI LAUREL LEAFS...
...WI THE LEAFS FAE CAESAR'S LAUREL BUNNET!
BOAK!
DINNAE LISTEN TAE HIM! HE'S TOTALLY BLOOTERED!
OCH HE'S HERMLESS, BONNIEQUINE.
HERMLESS? IM NO HERMLESS! HIC! I'M GONNAE SEND MA MEN TAE ROME AND THEY'RE GONNAE BRING HAME CAESAR'S LAUREL BUNNET... AND THAE LAUREL LEAFS ARE GONNAE SEASON THE SOUP THAT YOU'RE GONNAE EAT IN OOR CLACHAN!
HOOCH AYE! SNAABAA'S RICHT!
BOAK!
?!?
C'MOAN, ASTERIX, WE'LL GO TAE ROME AND TAK THE LAUREL BUNNET RICHT AFFY CAESAR'S HEID. HOOCH AYE!
GET OWER HERE, OBELIX, YA BIG DUMPLIN!
HOOZTRIXIE!
NAW! IF THIS TEUCHTER'S DETEMINED TAE MAK AN EEJIT O HIMSEL, I'LL GLEDLY ACCEPT HIS INVITE!
BUT HE HAS TAE SWEIR THEY REALLY WILL BE THE LAUREL LEAFS FAE CAESAR'S LAUREL BUNNET!
HOOCH AYE!
EH, BONNIEQUINE. SEE ONYTHIN GUID IN THE SHOPS ON YER STEY HERE IN LUTETIA?

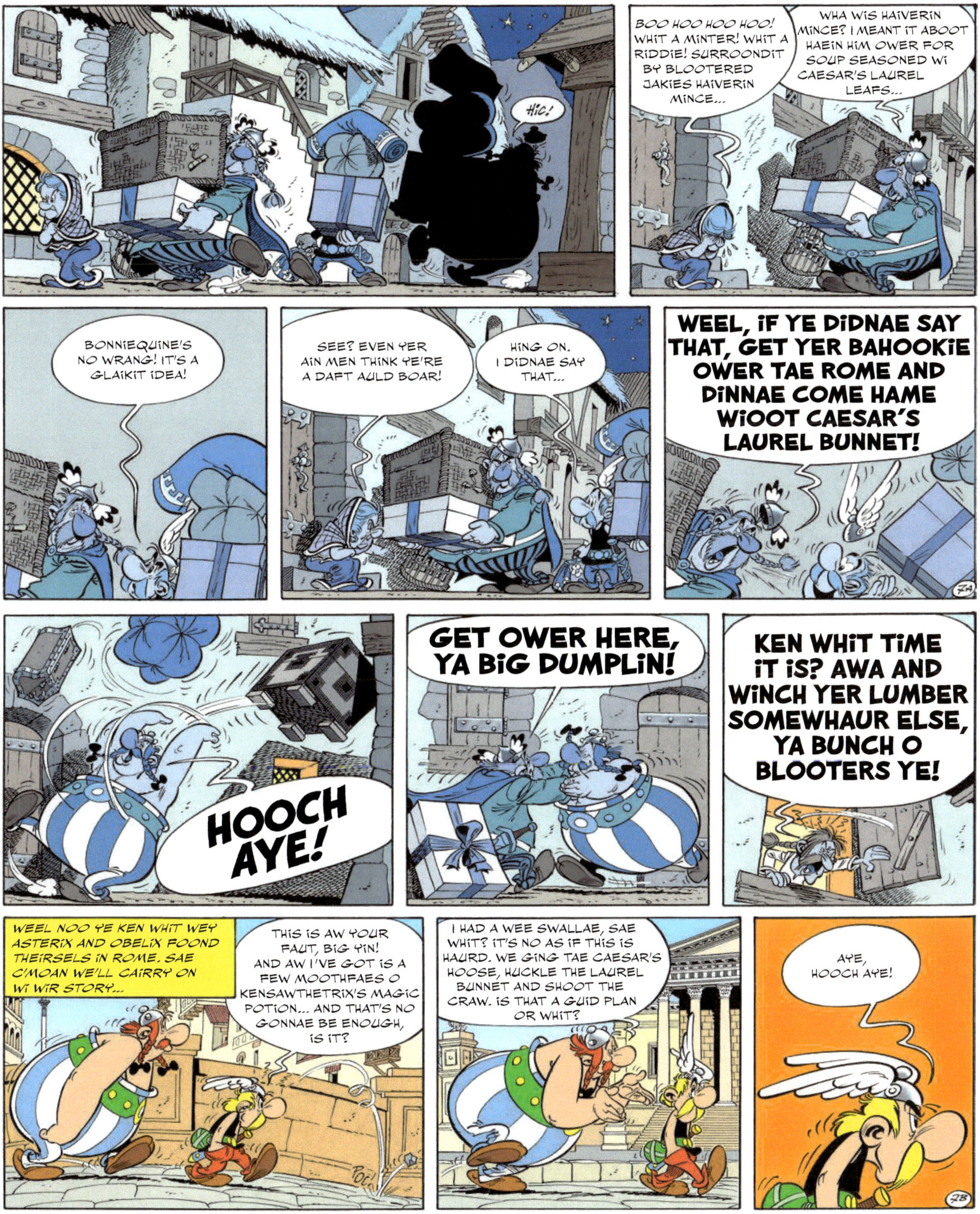
HIC!
BOO HOO HOO HOO! WHIT A MINTER! WHIT A RIDDIE! SURROONDIT BY BLOOTERED JAKIES HAIVERIN MINCE...
WHA WIS HAIVERIN MINCE? I MEANT IT ABOOT HAEIN HIM OWER FOR SOUP SEASONED WI CAESAR'S LAUREL LEAFS...
BONNIEQUINE'S NO WRANG! IT'S A GLAIKIT IDEA!
SEE? EVEN YER AIN MEN THINK YE'RE A DAFT AULD BOAR!
HING ON. I DIDNAE SAY THAT...
WEEL, IF YE DIDNAE SAY THAT, GET YER BAHOOKIE OWER TAE ROME AND DINNAE COME HAME WIOOT CAESAR'S LAUREL BUNNET!
HOOCH AYE!
GET OWER HERE, YA BIG DUMPLIN!
KEN WHIT TIME IT IS? AWA AND WINCH YER LUMBER SOMEWHAUR ELSE, YA BUNCH O BLOOTERS YE!
WEEL NOO YE KEN WHIT WEY ASTERIX AND OBELIX FOOND THEIRSELS IN ROME. SAE C'MOAN WE'LL CAIRRY ON WI WIR STORY...
THIS IS AW YOUR FAUT, BIG YIN! AND AW I'VE GOT IS A FEW MOOTHFAES O KENSAWTHETRIX'S MAGIC POTION... AND THAT'S NO GONNAE BE ENOUGH, IS IT?
I HAD A WEE SWALLAE, SAE WHIT? IT'S NO AS IF THIS IS HAURD. WE GING TAE CAESAR'S HOOSE, HUCKLE THE LAUREL BUNNET AND SHOOT THE CRAW. IS THAT A GUID PLAN OR WHIT?
AYE, HOOCH AYE!

THERE IT'S, CAESAR'S HOOSE!
RICHT, WE'LL PURE TOBER THE GUAIRDS, AND WANCE INSIDE WE'LL FINN OOT WHAUR THE LAUREL BUNNET IS PLANKED BECAUSE WE WANT TAE PAP IT IN A BOOL O SOUP...
...AND WANCE WE'VE GOT WIR HAUNS ON THE BUNNET, WE'LL KNOCK THE PLACE DOON. FINE WI YOU?
LET'S GET INTAE THUM!
HAUD ON! THE LEGIONAIRES ROON HERE ARENAE LIKE THE WANS WE HAE AT HAME... AND THE MAGIC POTION MAKS US STRANG BUT DOESNAE STAP US GETTIN CHIBBED. WE'LL HAE TAE FINN ANITHER WEY.
SEE THAT BOAY COMIN OOT THE PALACE? MIBBE HE'LL HELP US FINN A WEY IN.
HE MIBBE KENS HOO TAE GET OOT, BUT DOES HE KEN HOO TAE GET IN?
HAW, PAL. WE'RE NO FAE HERE. GONNAE GIE'S SOME TIPS ON GETTIN ABOOT AND THAT?
GAULS, ARE YE? WEEL, I'M AWFIE BUSY, GAULS...
TABERNA BEVVIUS
OCH, YE'VE GOT TIME FOR A WEE BEVVY...
I DINNAE KEN IF I CAN, LIKE...
TELT YE... HE'S A COMIN-OOTERER, NO A GANGIN-INNERER?

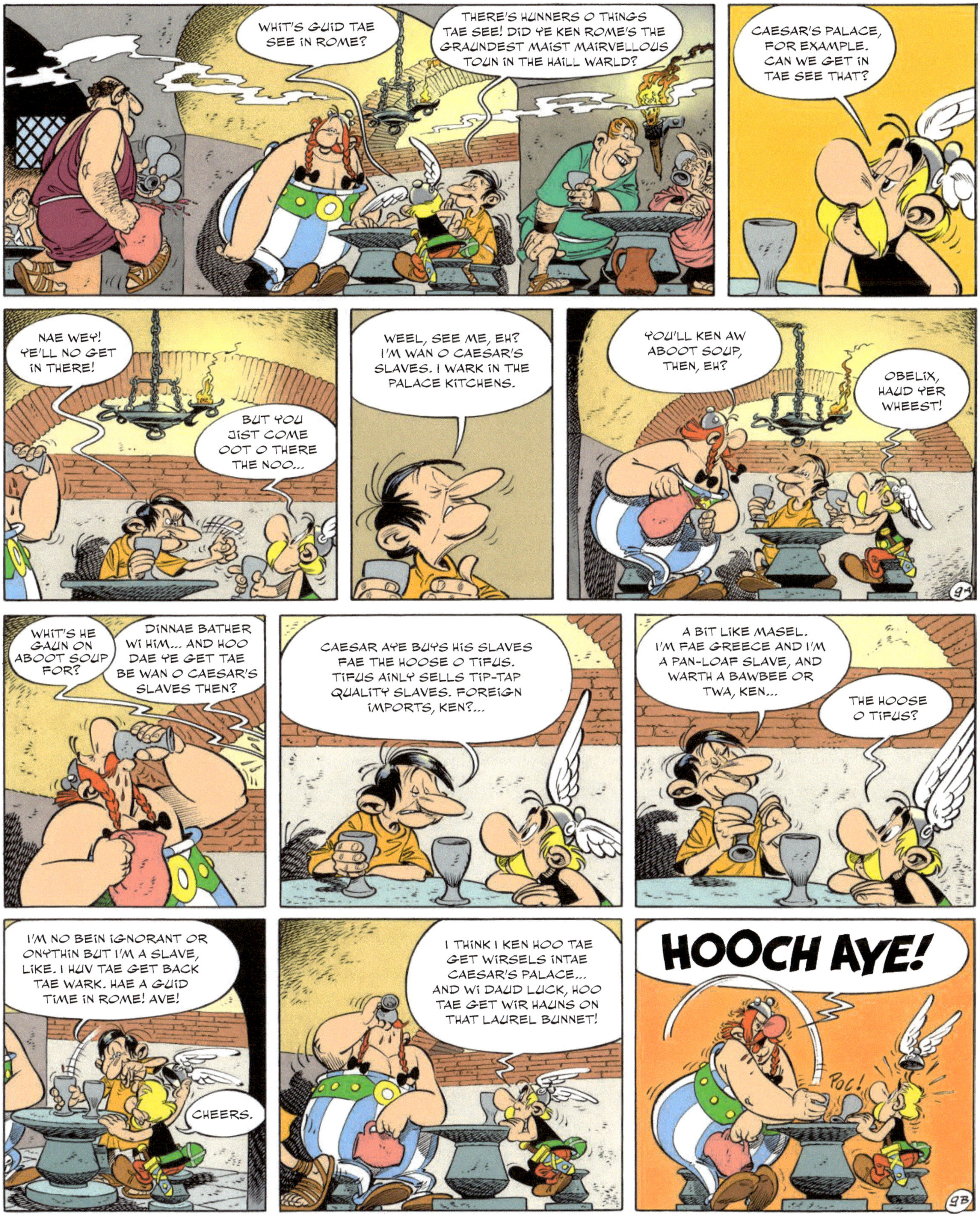
WHIT'S GUID TAE SEE IN ROME?
THERE'S HUNNERS O THINGS TAE SEE! DID YE KEN ROME'S THE GRAUNDEST MAIST MAIRVELLOUS TOUN IN THE HAILL WARLD?
CAESAR'S PALACE, FOR EXAMPLE. CAN WE GET IN TAE SEE THAT?
NAE WEY! YE'LL NO GET IN THERE!
BUT YOU JIST COME OOT O THERE THE NOO...
WEEL, SEE ME, EH? I'M WAN O CAESAR'S SLAVES. I WARK IN THE PALACE KITCHENS.
YOU'LL KEN AW ABOOT SOUP, THEN, EH?
OBELIX, HAUD YER WHEEST!
WHIT'S HE GAUN ON ABOOT SOUP FOR?
DINNAE BATHER WI HIM... AND HOO DAE YE GET TAE BE WAN O CAESAR'S SLAVES THEN?
CAESAR AYE BUYS HIS SLAVES FAE THE HOOSE O TIFUS. TIFUS AINLY SELLS TIP-TAP QUALITY SLAVES. FOREIGN IMPORTS, KEN?...
A BIT LIKE MASEL. I'M FAE GREECE AND I'M A PAN-LOAF SLAVE, AND WARTH A BAWBEE OR TWA, KEN...
THE HOOSE O TIFUS?
I'M NO BEIN IGNORANT OR ONYTHIN BUT I'M A SLAVE, LIKE. I HUV TAE GET BACK TAE WARK. HAE A GUID TIME IN ROME! AVE!
CHEERS.
I THINK I KEN HOO TAE GET WIRSELS INTAE CAESAR'S PALACE... AND WI DAUD LUCK, HOO TAE GET WIR HAUNS ON THAT LAUREL BUNNET!
HOOCH AYE!
POC!

HAW, LOOK! I BET YE THAT BOAY CAN HELP US OOT!
YE THINK SAE?
BRAW SLAVES! BRAWEST SLAVES HERE!
WHA WANTS MA GOTHS? GUID GAWSIE GOTHS!
NUUUMIDIANS! NUUUMIDIANS!
FECHTERS! RADGE FECHTERS!
CALEDONIANS! WILL WALK FIVE HUNNER MILE FOR YE!
THE SLAVE MERCAT? I'VE JIST COME FAE IT. IT'S OWER THERE.
YE'LL SLAVER WHEN YE SEE MA TAP-QUALITY SLAVES!
MAK YER CEILIDH GO WI A HOOCH WI MA DAUNCIN QUINES!
I HAE A FEELIN IT'S DOON HERE.
HOOSE O TIFVS
BY APPOINTMENT TAE JVLIVS CAESAR
ONYTHIN CATCH YER EE? WANT TAE SEE WIR SALES BROCHURE?
ARE YOU NO TIFUS?
NAW, I'M TIFUS.
WHIT CAN I DAE YE FOR? I'VE JIST HAD A SHIPMENT O FANTOOSH SASSENACHS...

WE'VE NO COME TAE BUY, WE WANT TAE SELL.
TAE SELL?
I DINNAE USUALLY MEET SALES REPS THIS EARLY IN THE MORNIN... BUT WHIT ARE YE SELLIN THEN?
OORSELS!
YERSELS? BUT I DINNAE BUY MINCE.
WE'RE NO MINCE, BY THE WAY.
THIS YIN HONKS O WINE.
THAT'S NO LIKE HIM. BUT HE IS GEY STRANG.
SNIFF! SNIF!
SHAW US HOO STRANG YE ARE, OBELIX.
NAE BOTHER.
DOOF!
AYE, GUID STUFF. BUT I JIST WARK WI THE FINEST SLAVES AND THE HEID STEWARD FAE THE PALACE'LL BE HERE ONY MEENIT TAE SEE MA STOCK...
DA-DUFT!
I'M STRANG AND AW. WANT ME TAE SHAW YE?
NAW, PLEASTH. YE DINNAE HUTH TAE. MAITHTER, I'M THAIR THEY'RE NO MINTH.
WEEL, FINE. I'LL TAK YE BUT NAE PROMISES, KEN. IF NAEBODY BUYS YE, YE'LL HAE TAE GET ANITHER DEALER TAE SELL YE.

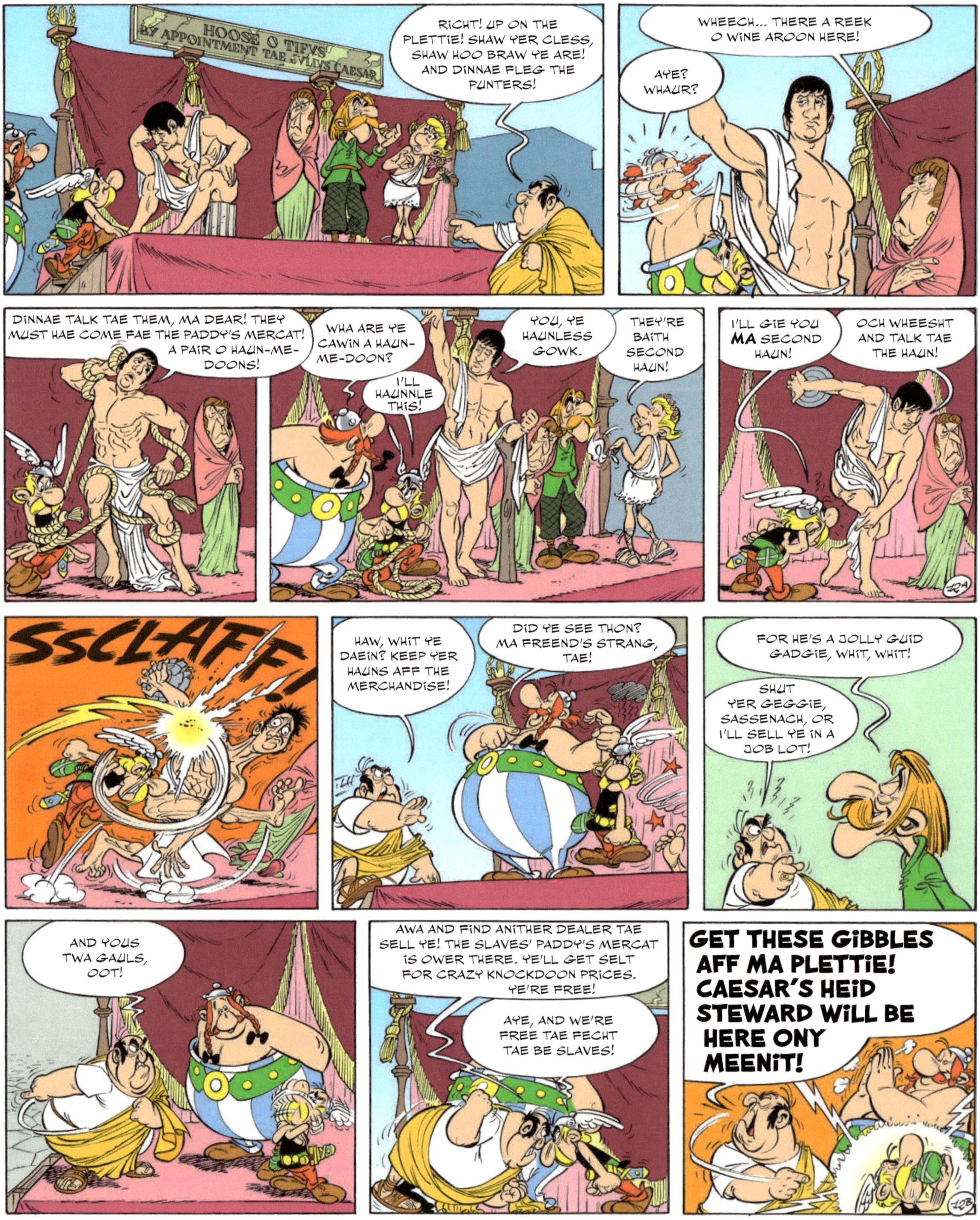
HOOSE O TIFVS
BY APPOINTMENT TAE JVLIVS CAESAR
RICHT! UP ON THE PLETTIE! SHAW YER CLESS, SHAW HOO BRAW YE ARE! AND DINNAE FLEG THE PUNTERS!
WHEECH... THERE A REEK O WINE AROON HERE!
AYE? WHAUR?
DINNAE TALK TAE THEM, MA DEAR! THEY MUST HAE COME FAE THE PADDY'S MERCAT! A PAIR O HAUN-ME-DOONS!
WHA ARE YE CAWIN A HAUN-ME-DOON?
YOU, YE HAUNLESS GOWK.
I'LL HAUNNLE THIS!
THEY'RE BAITH SECOND HAUN!
I'LL GIE YOU MA SECOND HAUN!
OCH WHEESHT AND TALK TAE THE HAUN!
SSCLAFF!
HAW, WHIT YE DAEIN? KEEP YER HAUNS AFF THE MERCHANDISE!
DID YE SEE THON? MA FREEND'S STRANG, TAE!
FOR HE'S A JOLLY GUID GADGIE, WHIT, WHIT!
SHUT YER GEGGIE, SASSENACH, OR I'LL SELL YE IN A JOB LOT!
AND YOUS TWA GAULS, OOT!
AWA AND FIND ANITHER DEALER TAE SELL YE! THE SLAVES' PADDY'S MERCAT IS OWER THERE. YE'LL GET SELT FOR CRAZY KNOCKDOON PRICES. YE'RE FREE!
AYE, AND WE'RE FREE TAE FECHT TAE BE SLAVES!
GET THESE GIBBLES AFF MA PLETTIE! CAESAR'S HEID STEWARD WILL BE HERE ONY MEENIT!

WHIT A RIDD NECK! I PROTEST IN THE NAME O THE STOCK!
SKELP!
SCUD!
HOO MUCH FOR THAE TWA GAULS?
?
YOU WANT TAE... YOU WANT TAE BUY THEM?
I THINK THEY'RE GUID FUN.
DOOF!
COORSE HE WANTS TAE BUY US! WE'RE CHEAP AT HAUF THE PRICE, EH OBELIX?
YE LOOKIN FOR A BARGAIN? WE'RE A BARGAIN AND HAUF!
THAT AW DEPENDS... HOO MUCH DAE YE COST?
WHIT DAE YE WANT TAE GIE HIM FOR US?
NAW, NAE KIDDIN. NAME YER PRICE!
WHIT ABOOT FIVE SESTERTII FOR THE BAITH O US?
HING ON... WAIT A WEE MEENIT!...
I SAY! SELLIN AT YON PRICE IS UNNERCUTTIN THE MERCAT!
AWRICHT, SAX SESTERTII?
YOUS TWA GONNAE YUCK IT?
TEN! AND YE'LL NO GET BETTER THAN THAT!
DEAL! SHAK ON IT!
I'M PEYIN. HERE YE ARE.
NAW, ALLOO ME...
WEEL, IF YE WANT TAE, BUT WAN DAY I'M GONNAE PEY YE BACK.

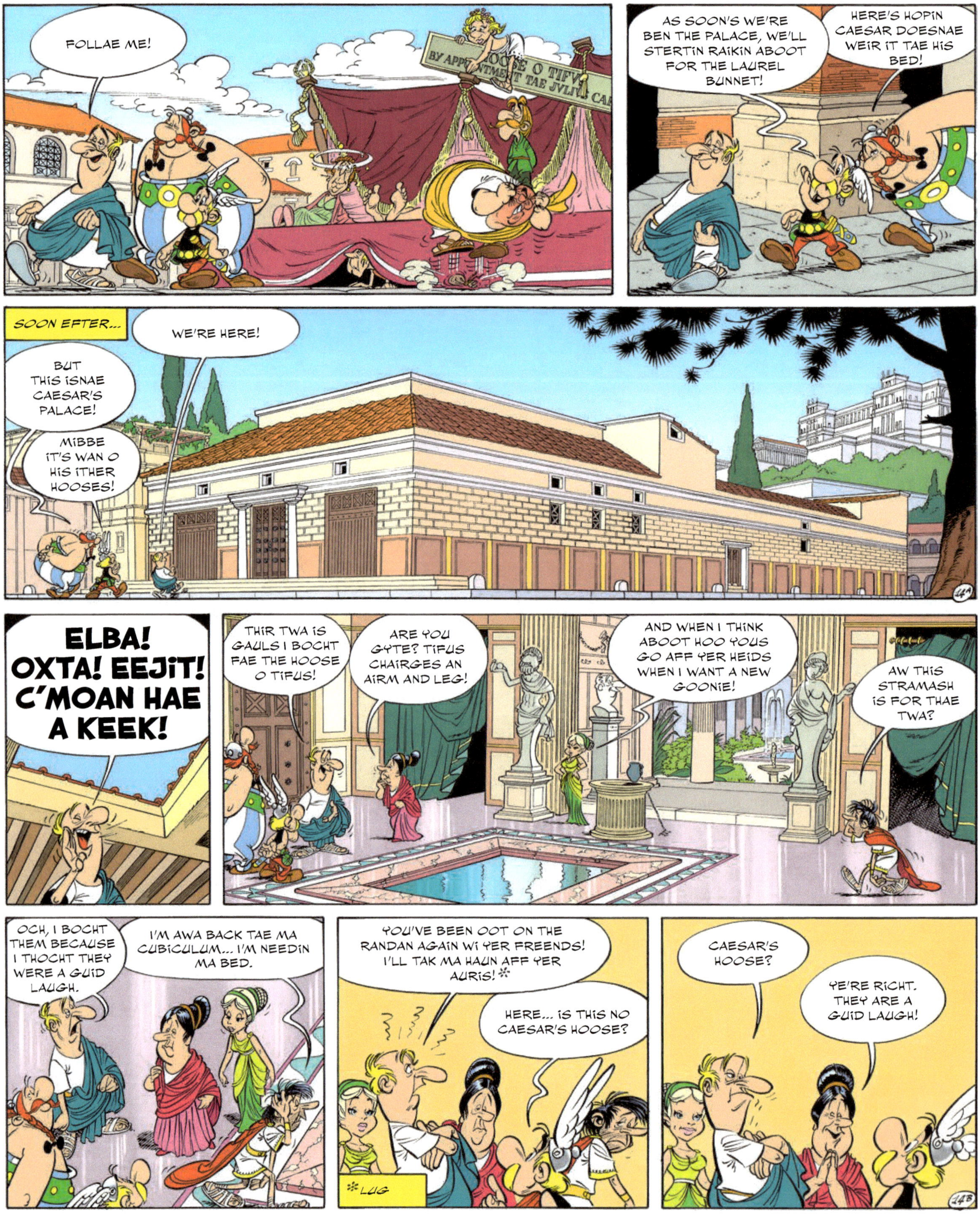
FOLLAE ME!
AS SOON'S WE'RE BEN THE PALACE, WE'LL STERTIN RAIKIN ABOOT FOR THE LAUREL BUNNET!
HERE'S HOPIN CAESAR DOESNAE WEIR IT TAE HIS BED!
SOON EFTER...
WE'RE HERE!
BUT THIS ISNAE CAESAR'S PALACE!
MIBBE IT'S WAN O HIS ITHER HOOSES!
ELBA! OXTA! EEJIT! C'MOAN HAE A KEEK!
THIR TWA IS GAULS I BOCHT FAE THE HOOSE O TIFUS!
ARE YOU GYTE? TIFUS CHAIRGES AN AIRM AND LEG!
AND WHEN I THINK ABOOT HOO YOUS GO AFF YER HEIDS WHEN I WANT A NEW GOONIE!
AW THIS STRAMASH IS FOR THAE TWA?
OCH, I BOCHT THEM BECAUSE I THOCHT THEY WERE A GUID LAUGH.
I'M AWA BACK TAE MA CUBICULUM... I'M NEEDIN MA BED.
YOU'VE BEEN OOT ON THE RANDAN AGAIN WI YER FREENDS! I'LL TAK MA HAUN AFF YER AURIS!*
HERE... IS THIS NO CAESAR'S HOOSE?
* LUG
CAESAR'S HOOSE?
YE'RE RICHT. THEY ARE A GUID LAUGH!

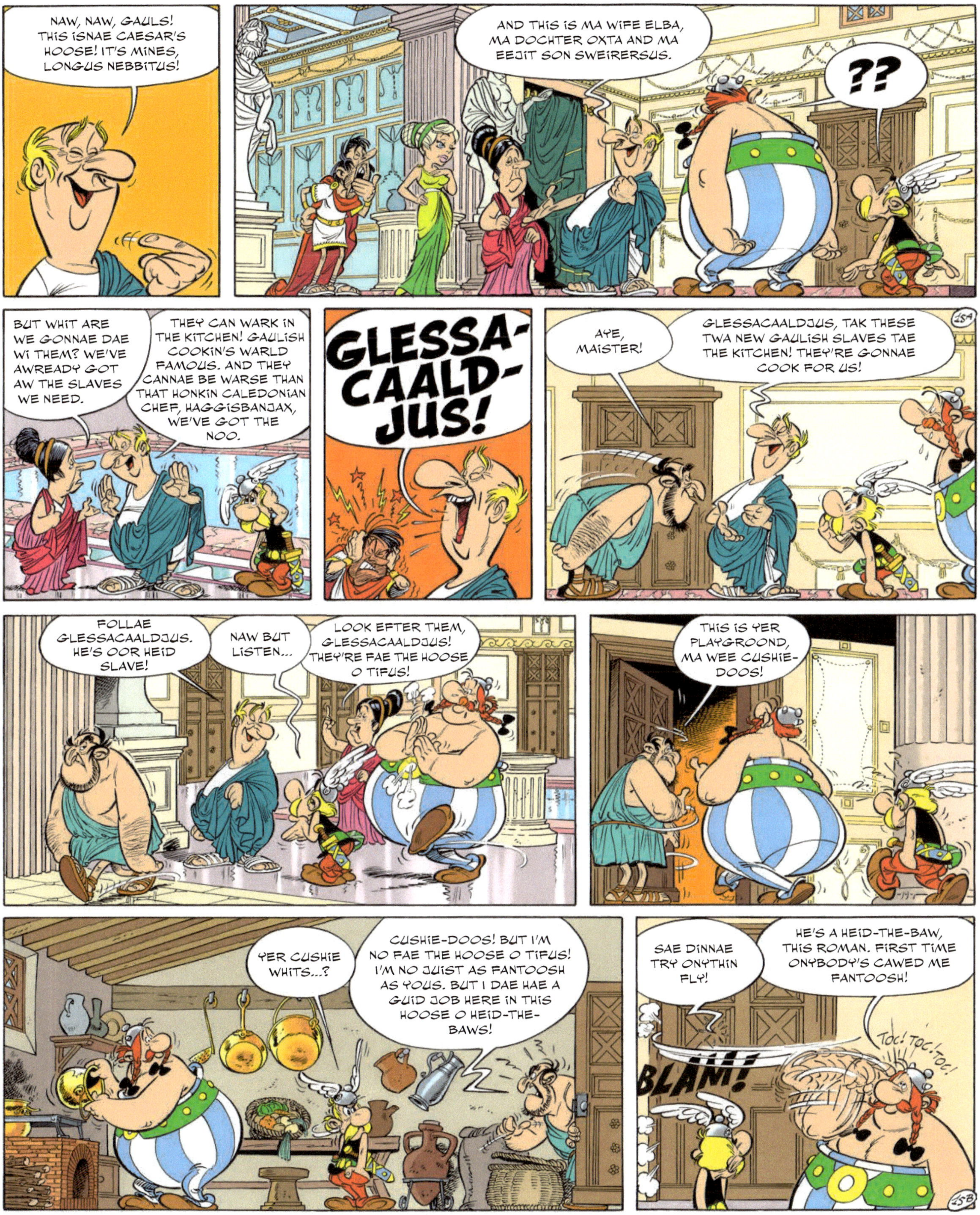
NAW, NAW, GAULS! THIS ISNAE CAESAR'S HOOSE! IT'S MINES, LONGUS NEBBITUS!
AND THIS IS MA WIFE ELBA, MA DOCHTER OXTA AND MA EEJIT SON SWEIRERSUS.
??
BUT WHIT ARE WE GONNAE DAE WI THEM? WE'VE AWREADY GOT AW THE SLAVES WE NEED.
THEY CAN WARK IN THE KITCHEN! GAULISH COOKIN'S WARLD FAMOUS. AND THEY CANNAE BE WARSE THAN THAT HONKIN CALEDONIAN CHEF, HAGGISBANJAX, WE'VE GOT THE NOO.
GLESSA-CAALD-JUS!
AYE, MAISTER!
GLESSACAALDJUS, TAK THESE TWA NEW GAULISH SLAVES TAE THE KITCHEN! THEY'RE GONNAE COOK FOR US!
FOLLAE GLESSACAALDJUS. HE'S OOR HEID SLAVE!
NAW BUT LISTEN...
LOOK EFTER THEM, GLESSACAALDJUS! THEY'RE FAE THE HOOSE O TIFUS!
THIS IS YER PLAYGROOND, MA WEE CUSHIE-DOOS!
YER CUSHIE WHITS...?
CUSHIE-DOOS! BUT I'M NO FAE THE HOOSE O TIFUS! I'M NO JUIST AS FANTOOSH AS YOUS. BUT I DAE HAE A GUID JOB HERE IN THIS HOOSE O HEID-THE-BAWS!
SAE DINNAE TRY ONYTHIN FLY!
HE'S A HEID-THE-BAW, THIS ROMAN. FIRST TIME ONYBODY'S CAWED ME FANTOOSH!
BLAM!
TOC! TOC! TOC!

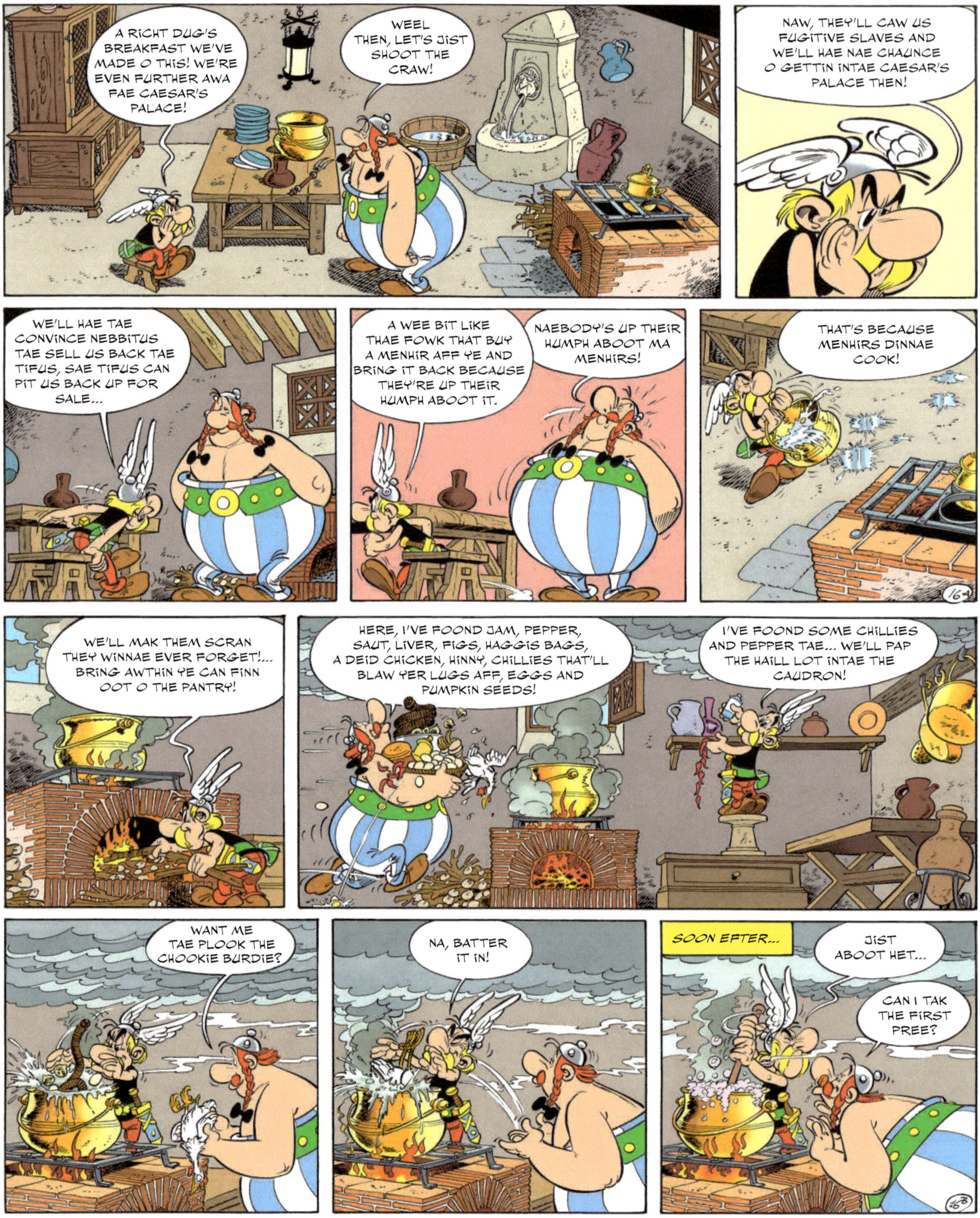
A RICHT DUG'S BREAKFAST WE'VE MADE O THIS! WE'RE EVEN FURTHER AWA FAE CAESAR'S PALACE!
WEEL THEN, LET'S JIST SHOOT THE CRAW!
NAW, THEY'LL CAW US FUGITIVE SLAVES AND WE'LL HAE NAE CHAUNCE O GETTIN INTAE CAESAR'S PALACE THEN!
WE'LL HAE TAE CONVINCE NEBBITUS TAE SELL US BACK TAE TIFUS, SAE TIFUS CAN PIT US BACK UP FOR SALE...
A WEE BIT LIKE THAE FOWK THAT BUY A MENHIR AFF YE AND BRING IT BACK BECAUSE THEY'RE UP THEIR HUMPH ABOOT IT.
NAEBODY'S UP THEIR HUMPH ABOOT MA MENHIRS!
THAT'S BECAUSE MENHIRS DINNAE COOK!
WE'LL MAK THEM SCRAN THEY WINNAE EVER FORGET!... BRING AWTHIN YE CAN FINN OOT O THE PANTRY!
HERE, I'VE FOOND JAM, PEPPER, SAUT, LIVER, FIGS, HAGGIS BAGS, A DEID CHICKEN, HINNY, CHILLIES THAT'LL BLAW YER LUGS AFF, EGGS AND PUMPKIN SEEDS!
I'VE FOOND SOME CHILLIES AND PEPPER TAE... WE'LL PAP THE HAILL LOT INTAE THE CAUDRON!
WANT ME TAE PLOOK THE CHOOKIE BURDIE?
NA, BATTER IT IN!
SOON EFTER...
JIST ABOOT HET...
CAN I TAK THE FIRST PREE?

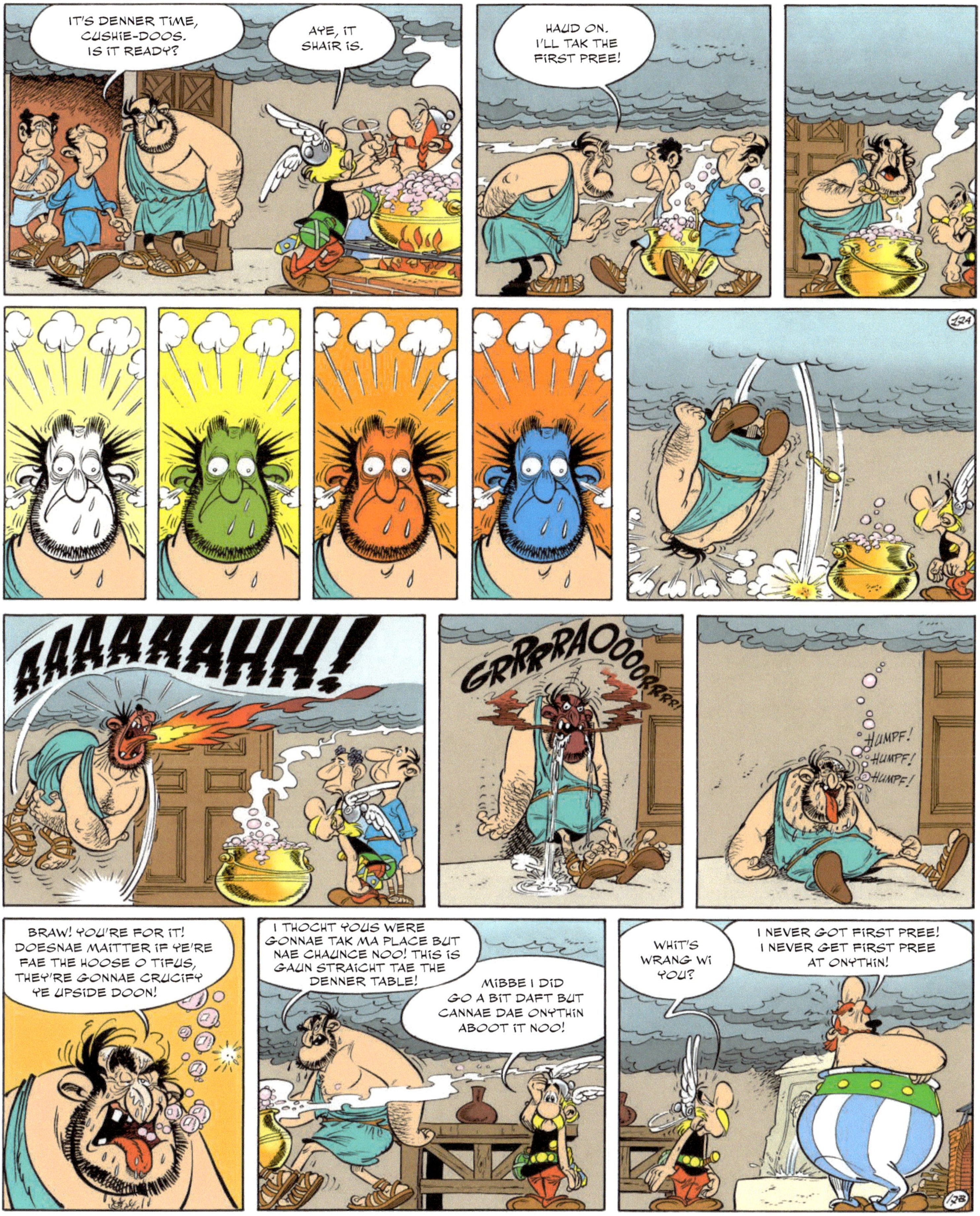
IT'S DENNER TIME, CUSHIE-DOOS. IS IT READY?
AYE, IT SHAIR IS.
HAUD ON. I'LL TAK THE FIRST PREE!
AAAAAAHH!
GRRRRAOOOORRR!
HUMPF! HUMPF! HUMPF!
BRAW! YOU'RE FOR IT! DOESNAE MAITTER IF YE'RE FAE THE HOOSE O TIFUS, THEY'RE GONNAE CRUCIFY YE UPSIDE DOON!
I THOCHT YOUS WERE GONNAE TAK MA PLACE BUT NAE CHAUNCE NOO! THIS IS GAUN STRAICHT TAE THE DENNER TABLE!
MIBBE I DID GO A BIT DAFT BUT CANNAE DAE ONYTHIN ABOOT IT NOO!
WHIT'S WRANG WI YOU?
I NEVER GOT FIRST PREE! I NEVER GET FIRST PREE AT ONYTHIN!

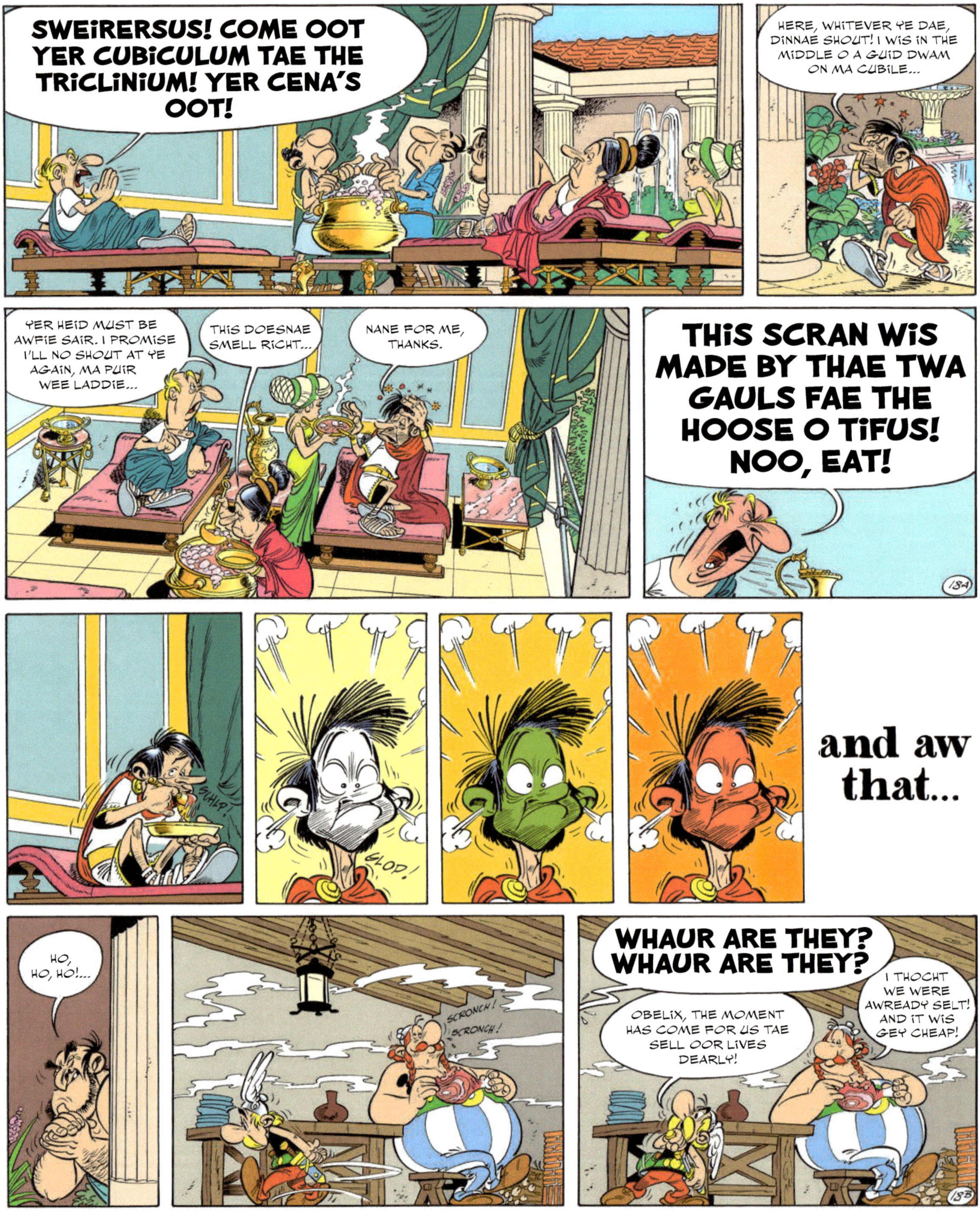
SWEiRERSUS! COME OOT YER CUBiCULUM TAE THE TRiCLiNiUM! YER CENA'S OOT!
HERE, WHiTEVER YE DAE, DiNNAE SHOUT! I WiS IN THE MiDDLE O A GUiD DWAM ON MA CUBiLE...
YER HEiD MUST BE AWFiE SAiR. I PROMiSE I'LL NO SHOUT AT YE AGAIN, MA PUiR WEE LADDiE...
THiS DOESNAE SMELL RiCHT...
NANE FOR ME, THANKS.
THiS SCRAN WiS MADE BY THAE TWA GAULS FAE THE HOOSE O TiFUS! NOO, EAT!
GULP!
GLOP!
and aw that...
HO, HO, HO!...
SCRONCH! SCRONCH!
WHAUR ARE THEY? WHAUR ARE THEY?
OBELiX, THE MOMENT HAS COME FOR US TAE SELL OOR LiVES DEARLY!
I THOCHT WE WERE AWREADY SELT! AND iT WiS GEY CHEAP!

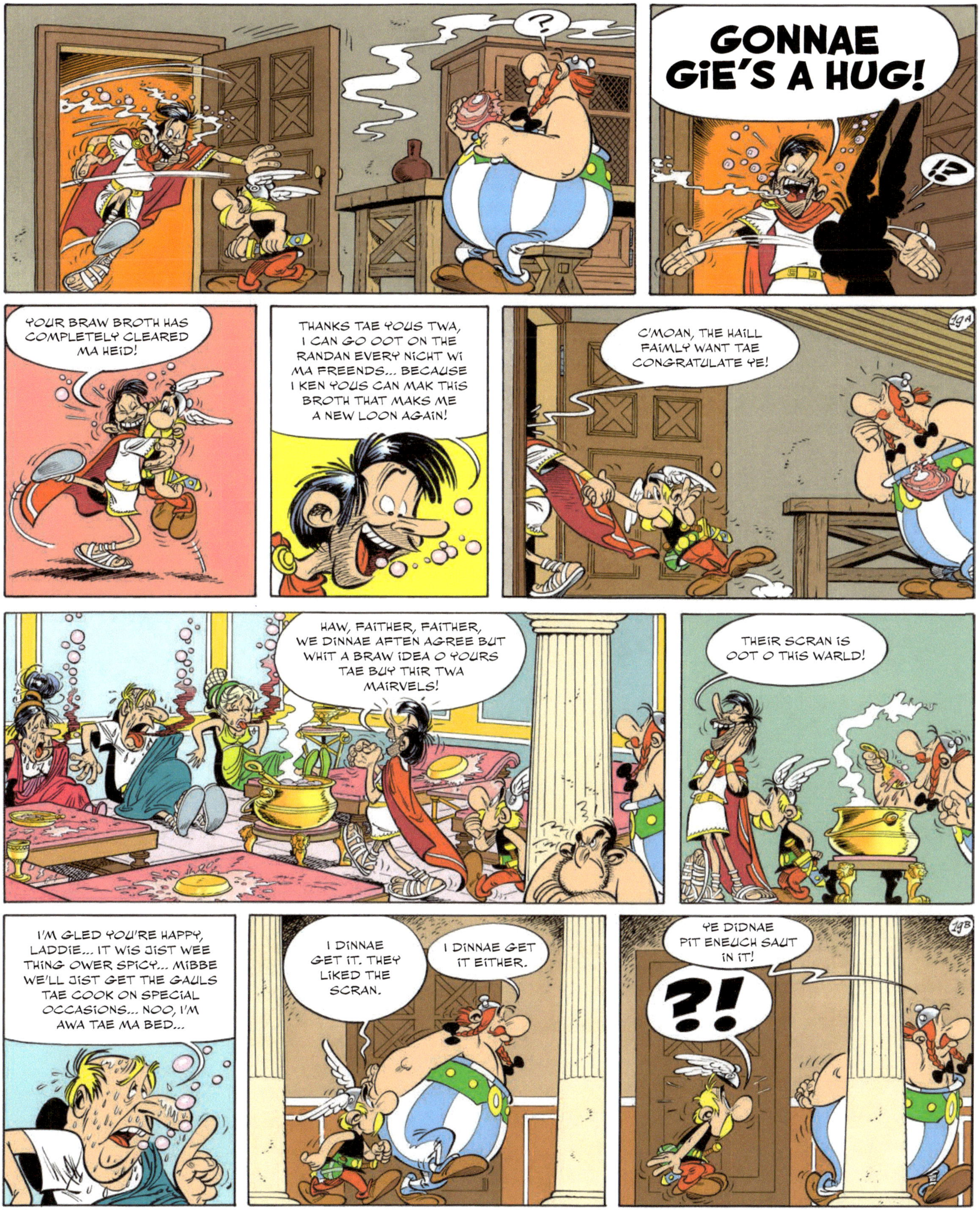
?
GONNAE GiE'S A HUG!
!?
YOUR BRAW BROTH HAS COMPLETELY CLEARED MA HEiD!
THANKS TAE YOUS TWA, I CAN GO OOT ON THE RANDAN EVERY NiCHT Wi MA FREENDS... BECAUSE I KEN YOUS CAN MAK THiS BROTH THAT MAKS ME A NEW LOON AGAiN!
C'MOAN, THE HAiLL FAiMLY WANT TAE CONGRATULATE YE!
HAW, FAiTHER, FAiTHER, WE DiNNAE AFTEN AGREE BUT WHiT A BRAW iDEA O YOURS TAE BUY THiR TWA MAiRVELS!
THEiR SCRAN iS OOT O THiS WARLD!
I'M GLED YOU'RE HAPPY, LADDiE... iT WiS JiST WEE THiNG OWER SPiCY... MiBBE WE'LL JiST GET THE GAULS TAE COOK ON SPECiAL OCCASiONS... NOO, I'M AWA TAE MA BED...
I DiNNAE GET iT. THEY LiKED THE SCRAN.
I DiNNAE GET iT EiTHER.
YE DiDNAE PiT ENEUCH SAUT iN iT!
?!

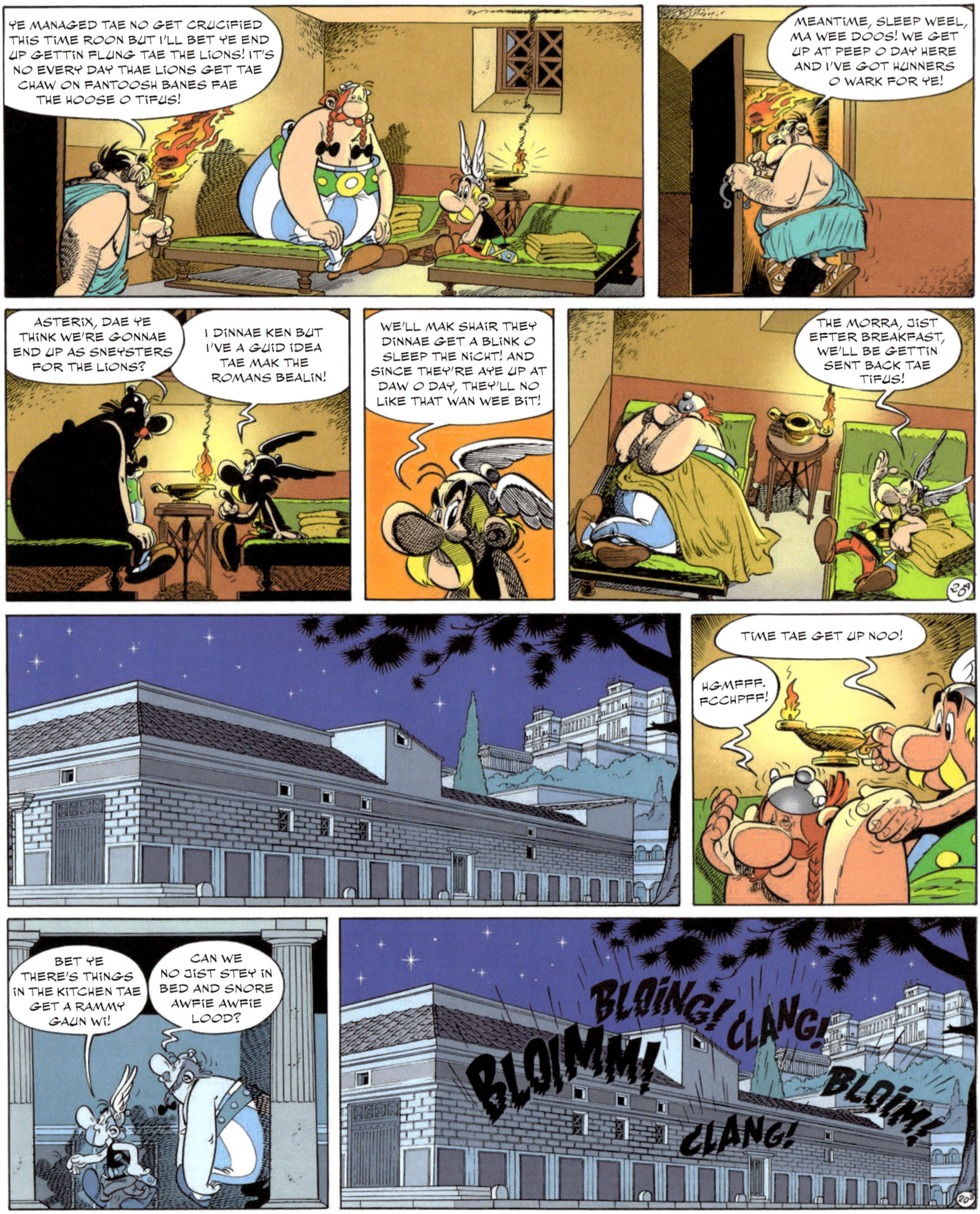
YE MANAGED TAE NO GET CRUCIFIED THIS TIME ROON BUT I'LL BET YE END UP GETTIN FLUNG TAE THE LIONS! IT'S NO EVERY DAY THAE LIONS GET TAE CHAW ON FANTOOSH BANES FAE THE HOOSE O TIFUS!
MEANTIME, SLEEP WEEL, MA WEE DOOS! WE GET UP AT PEEP O DAY HERE AND I'VE GOT HUNNERS O WARK FOR YE!
ASTERIX, DAE YE THINK WE'RE GONNAE END UP AS SNEYSTERS FOR THE LIONS?
I DINNAE KEN BUT I'VE A GUID IDEA TAE MAK THE ROMANS BEALIN!
WE'LL MAK SHAIR THEY DINNAE GET A BLINK O SLEEP THE NICHT! AND SINCE THEY'RE AYE UP AT DAW O DAY, THEY'LL NO LIKE THAT WAN WEE BIT!
THE MORRA, JIST EFTER BREAKFAST, WE'LL BE GETTIN SENT BACK TAE TIFUS!
TIME TAE GET UP NOO!
HGMFFF. FCCHPFF!
BET YE THERE'S THINGS IN THE KITCHEN TAE GET A RAMMY GAUN WI!
CAN WE NO JIST STEY IN BED AND SNORE AWFIE AWFIE LOOD?
BLOING! CLANG!
BLOIMM!
BLOIM!
CLANG!

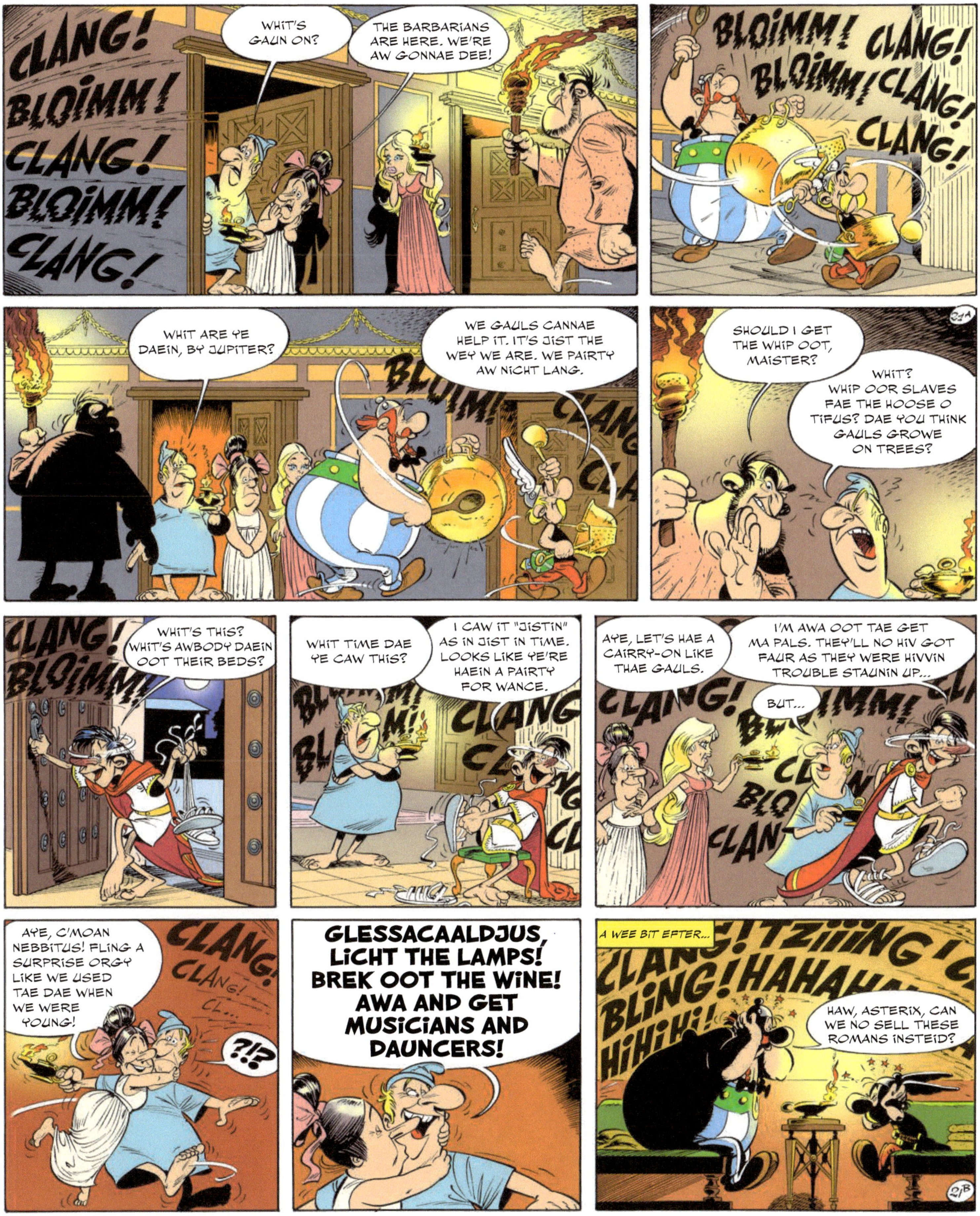
CLANG! BLOIMM! CLANG! BLOIMM! CLANG!
WHIT'S GAUN ON?
THE BARBARIANS ARE HERE. WE'RE AW GONNAE DEE!
BLOIMM! BLOIMM! CLANG! CLANG! CLANG!
WHIT ARE YE DAEIN, BY JUPITER?
WE GAULS CANNAE HELP IT. IT'S JIST THE WEY WE ARE. WE PAIRTY AW NICHT LANG.
SHOULD I GET THE WHIP OOT, MAISTER?
WHIT? WHIP OOR SLAVES FAE THE HOOSE O TIFUS? DAE YOU THINK GAULS GROWE ON TREES?
WHIT'S THIS? WHIT'S AWBODY DAEIN OOT THEIR BEDS?
WHIT TIME DAE YE CAW THIS?
I CAW IT "JISTIN" AS IN JIST IN TIME. LOOKS LIKE YE'RE HAEIN A PAIRTY FOR WANCE.
AYE, LET'S HAE A CAIRRY-ON LIKE THAE GAULS.
I'M AWA OOT TAE GET MA PALS. THEY'LL NO HIV GOT FAUR AS THEY WERE HIVVIN TROUBLE STAUNIN UP...
BUT...
AYE, C'MOAN NEBBITUS! FLING A SURPRISE ORGY LIKE WE USED TAE DAE WHEN WE WERE YOUNG!
?!?
GLESSACAALDJUS, LICHT THE LAMPS! BREK OOT THE WINE! AWA AND GET MUSICIANS AND DAUNCERS!
A WEE BIT EFTER...
HAW, ASTERIX, CAN WE NO SELL THESE ROMANS INSTEID?

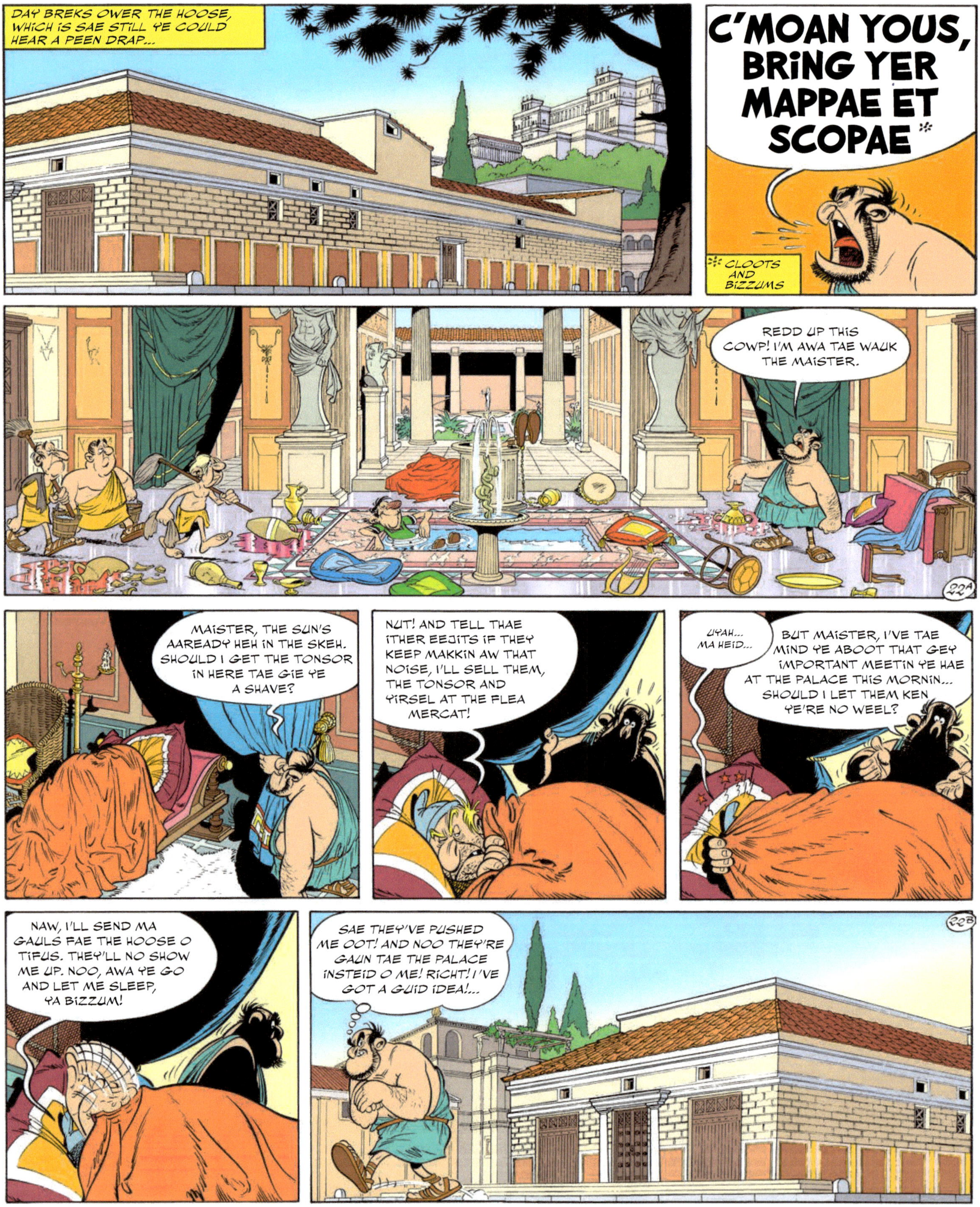
DAY BREKS OWER THE HOOSE, WHICH IS SAE STILL YE COULD HEAR A PEEN DRAP...
C'MOAN YOUS, BRING YER MAPPAE ET SCOPAE*
* CLOOTS AND BIZZUMS
REDD UP THIS COWP! I'M AWA TAE WAUK THE MAISTER.
22A
MAISTER, THE SUN'S AAREADY HEH IN THE SKEH. SHOULD I GET THE TONSOR IN HERE TAE GIE YE A SHAVE?
NUT! AND TELL THAE ITHER EEJITS IF THEY KEEP MAKKIN AW THAT NOISE, I'LL SELL THEM, THE TONSOR AND YIRSEL AT THE FLEA MERCAT!
UYAH... MA HEID...
BUT MAISTER, I'VE TAE MIND YE ABOOT THAT GEY IMPORTANT MEETIN YE HAE AT THE PALACE THIS MORNIN... SHOULD I LET THEM KEN YE'RE NO WEEL?
NAW, I'LL SEND MA GAULS FAE THE HOOSE O TIFUS. THEY'LL NO SHOW ME UP. NOO, AWA YE GO AND LET ME SLEEP, YA BIZZUM!
22B
SAE THEY'VE PUSHED ME OOT! AND NOO THEY'RE GAUN TAE THE PALACE INSTEID O ME! RICHT! I'VE GOT A GUID IDEA!...

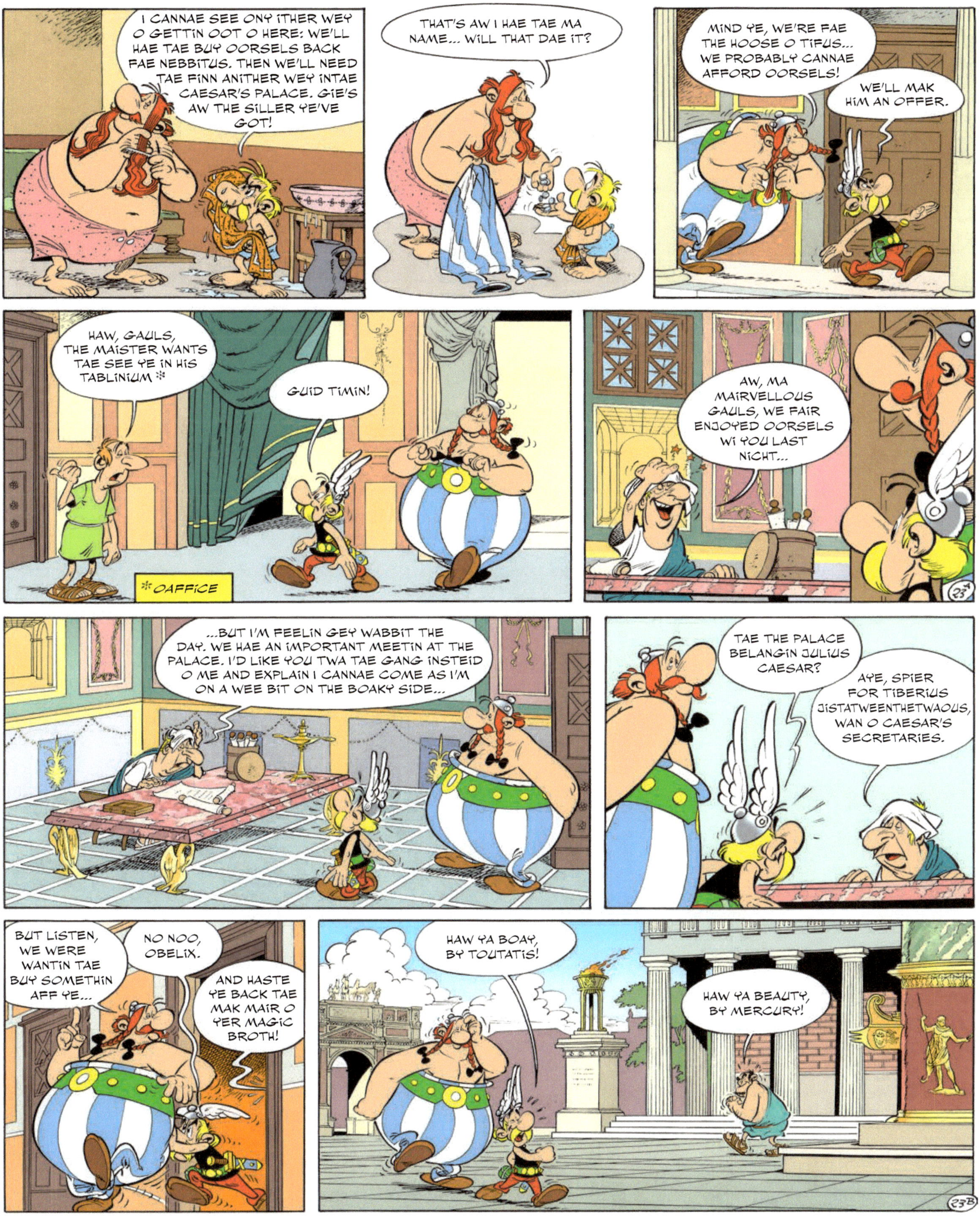
I CANNAE SEE ONY iTHER WEY O GETTiN OOT O HERE: WE'LL HAE TAE BUY OORSELS BACK FAE NEBBiTUS. THEN WE'LL NEED TAE FiNN ANiTHER WEY iNTAE CAESAR'S PALACE. GiE'S AW THE SiLLER YE'VE GOT!
THAT'S AW I HAE TAE MA NAME... WiLL THAT DAE iT?
MiND YE, WE'RE FAE THE HOOSE O TiFUS... WE PROBABLY CANNAE AFFORD OORSELS!
WE'LL MAK HiM AN OFFER.
HAW, GAULS, THE MAiSTER WANTS TAE SEE YE iN HiS TABLiNiUM*
GUiD TiMiN!
*OAFFiCE
AW, MA MAiRVELLOUS GAULS, WE FAiR ENJOYED OORSELS Wi YOU LAST NiCHT...
...BUT I'M FEELiN GEY WABBiT THE DAY. WE HAE AN iMPORTANT MEETiN AT THE PALACE. I'D LiKE YOU TWA TAE GANG iNSTEiD O ME AND EXPLAiN I CANNAE COME AS I'M ON A WEE BiT ON THE BOAKY SiDE...
TAE THE PALACE BELANGiN JULiUS CAESAR?
AYE, SPiER FOR TiBERiUS JiSTATWEENTHETWAOUS, WAN O CAESAR'S SECRETARiES.
BUT LiSTEN, WE WERE WANTiN TAE BUY SOMETHiN AFF YE...
NO NOO, OBELiX.
AND HASTE YE BACK TAE MAK MAiR O YER MAGiC BROTH!
HAW YA BOAY, BY TOUTATiS!
HAW YA BEAUTY, BY MERCURY!

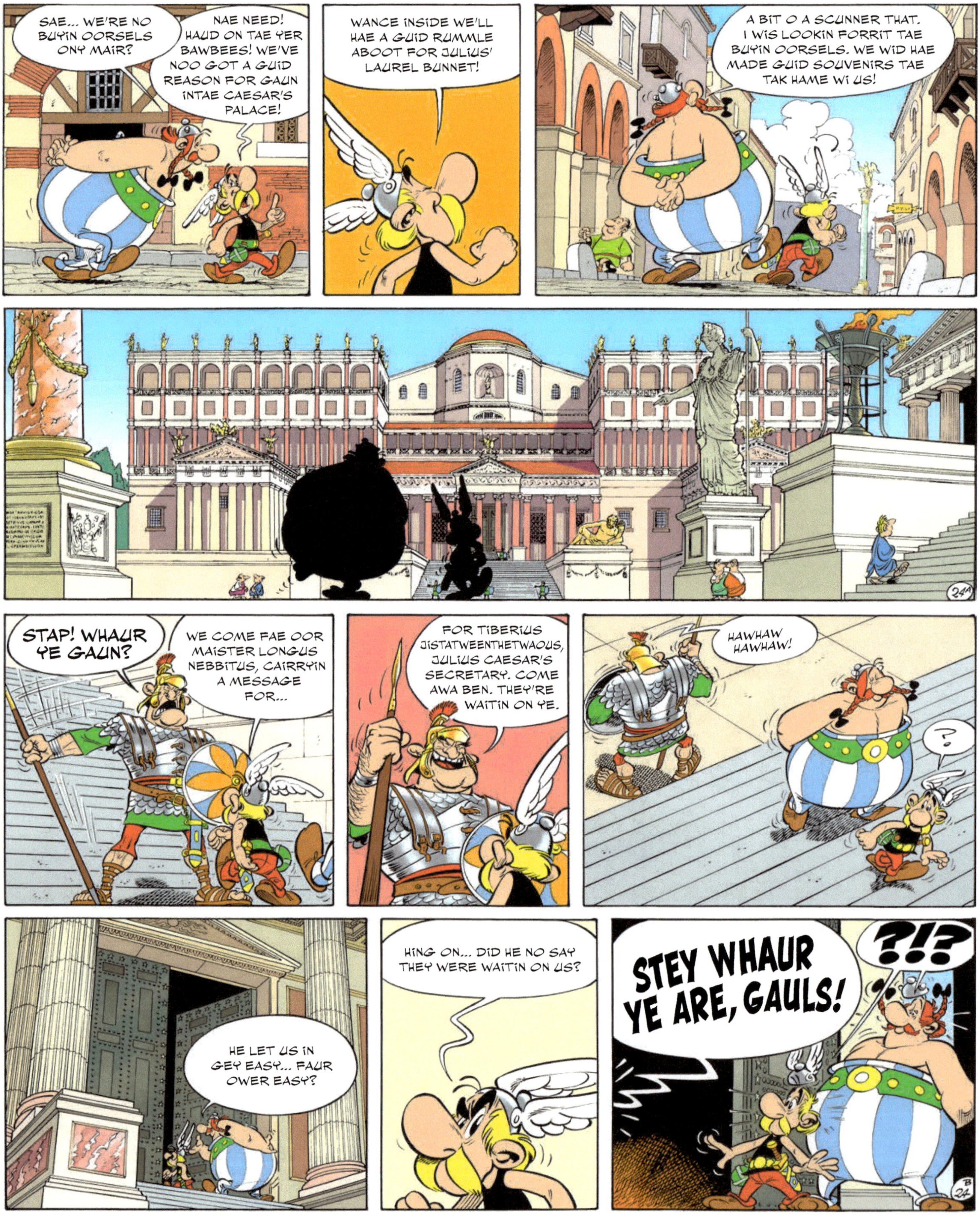
SAE... WE'RE NO BUYIN OORSELS ONY MAIR?
NAE NEED! HAUD ON TAE YER BAWBEES! WE'VE NOO GOT A GUID REASON FOR GAUN INTAE CAESAR'S PALACE!
WANCE INSIDE WE'LL HAE A GUID RUMMLE ABOOT FOR JULIUS' LAUREL BUNNET!
A BIT O A SCUNNER THAT. I WIS LOOKIN FORRIT TAE BUYIN OORSELS. WE WID HAE MADE GUID SOUVENIRS TAE TAK HAME WI US!
STAP! WHAUR YE GAUN?
WE COME FAE OOR MAISTER LONGUS NEBBITUS, CAIRRYIN A MESSAGE FOR...
FOR TIBERIUS JISTATWEENTHETWAOUS, JULIUS CAESAR'S SECRETARY. COME AWA BEN. THEY'RE WAITIN ON YE.
HAWHAW HAWHAW!
?
HE LET US IN GEY EASY... FAUR OWER EASY?
HING ON... DID HE NO SAY THEY WERE WAITIN ON US?
STEY WHAUR YE ARE, GAULS!
?!?

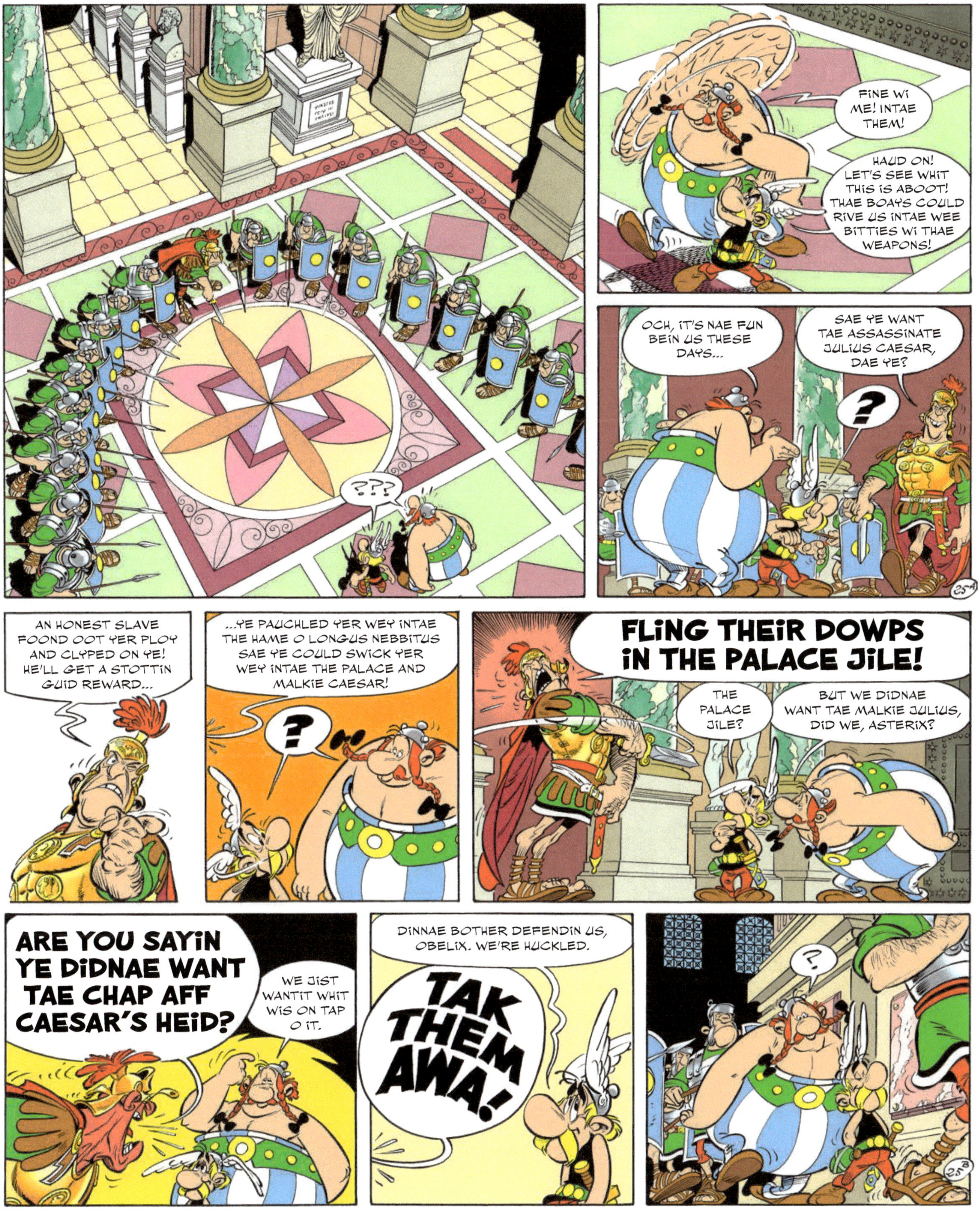
???
FINE Wi ME! INTAE THEM!
HAUD ON! LET'S SEE WHIT THIS IS ABOOT! THAE BOAYS COULD RIVE US INTAE WEE BITTIES Wi THAE WEAPONS!
OCH, IT'S NAE FUN BEIN US THESE DAYS...
SAE YE WANT TAE ASSASSINATE JULIUS CAESAR, DAE YE?
?
AN HONEST SLAVE FOOND OOT YER PLOY AND CLYPED ON YE! HE'LL GET A STOTTIN GUID REWARD...
...YE PAUCHLED YER WEY INTAE THE HAME O LONGUS NEBBITUS SAE YE COULD SWICK YER WEY INTAE THE PALACE AND MALKIE CAESAR!
?
FLING THEIR DOWPS IN THE PALACE JILE!
THE PALACE JILE?
BUT WE DIDNAE WANT TAE MALKIE JULIUS, DID WE, ASTERIX?
ARE YOU SAYIN YE DIDNAE WANT TAE CHAP AFF CAESAR'S HEID?
WE JIST WANTIT WHIT WIS ON TAP O IT.
DINNAE BOTHER DEFENDIN US, OBELIX. WE'RE HUCKLED.
TAK THEM AWA!
?

?
GET BEN!
I DINNAE GET IT, ASTERIX! WHIT ARE WE LETTIN THEM DAE THAT TAE US FOR? THEY'RE JIST ROMANS, KEN!
BLAM!
BUT OBELIX, IT'S BRAW THAT WE'RE HERE! WE'RE NOO IN THE PALACE! AW WE NEED TAE DAE IS BREK OOT THE NICHT AND HAE A FLY HUNT ABOOT FOR CAESAR'S LAUREL BUNNET!
WHIT? ANITHER NICHT WIOOT ONY SLEEP? AW, HERE...
VERITAS ODIVM PARIT
GLORIA VICTIS
DAITH TAE THE LIONS
LATER THAT NICHT...
OPEN THAT DOOR AND DINNAE MAK A SOOND.
?
CLONG!
GOWF!
THEY MAK MAIR NOISE COMIN DOON AS GAUN UP!
C'MOAN!
OOFT!

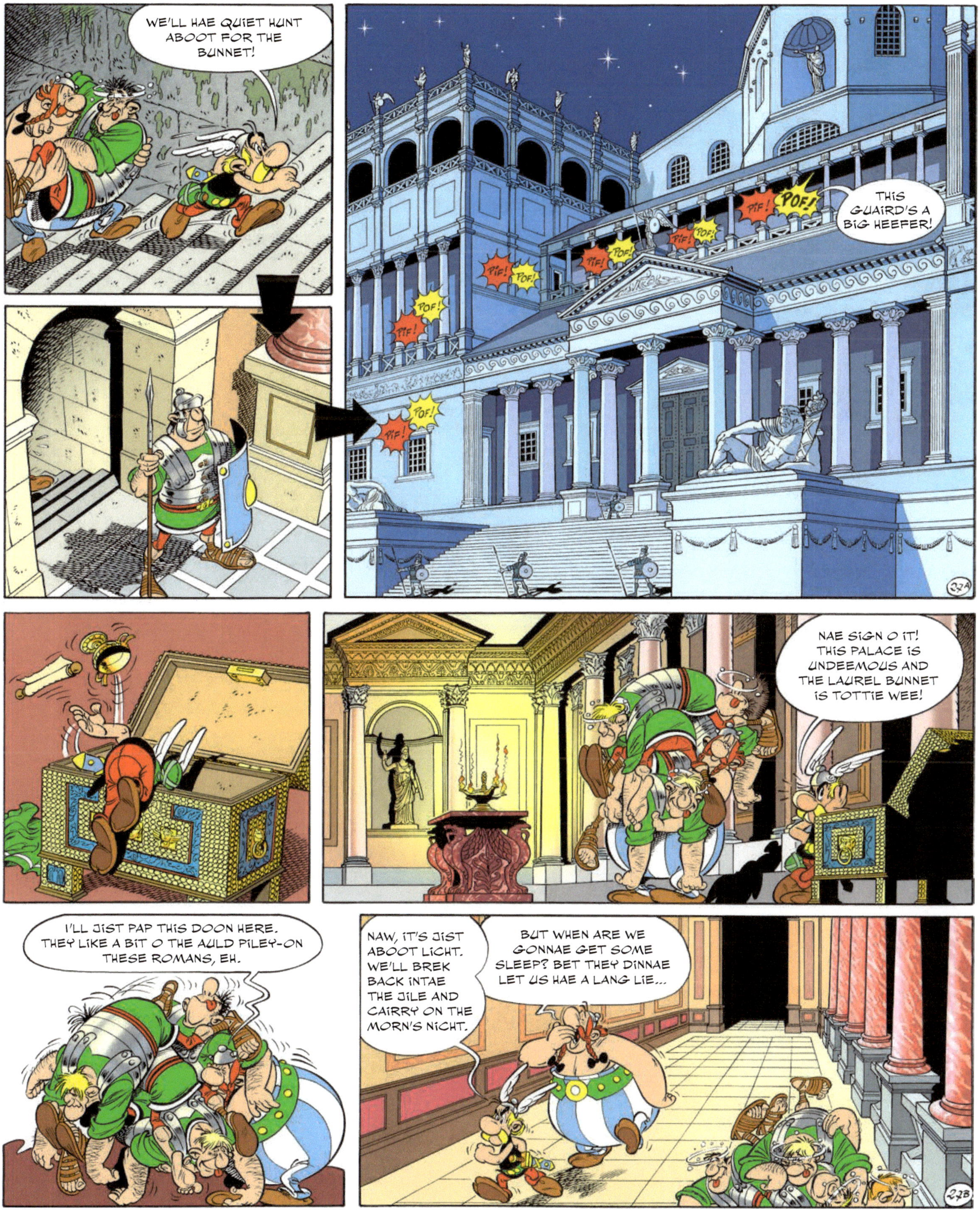
WE'LL HAE QUIET HUNT ABOOT FOR THE BUNNET!
PIF! POF!
PIF! POF!
PIF! POF!
PIF! POF!
PIF! POF!
PIF! POF!
THIS GUAIRD'S A BIG HEEFER!
NAE SIGN O IT! THIS PALACE IS UNDEEMOUS AND THE LAUREL BUNNET IS TOTTIE WEE!
I'LL JIST PAP THIS DOON HERE. THEY LIKE A BIT O THE AULD PILEY-ON THESE ROMANS, EH.
BUT WHEN ARE WE GONNAE GET SOME SLEEP? BET THEY DINNAE LET US HAE A LANG LIE...
NAW, IT'S JIST ABOOT LICHT. WE'LL BREK BACK INTAE THE JILE AND CAIRRY ON THE MORN'S NICHT.

ANITHER DAY HAS DAWED ON THE GRAUNDEST MAIST MAIRVELLOUS TOUN IN THE HAILL WARLD: ROME
SOOND THE ALAIRM!
THE PRISONERS HIV BOLTIT!
WHAUR AM I?
SITTIN ON MA HEID, YA NUMPTY!
THEY KNOCKED OOT AW THE NICHT GUAIRDS, AND LEFT THEM IN TRIG WEE PILES.
LOOKIT, CENTURION. THE LOCK'S BEEN TOBERED!
BY JUPITER!
YOU ROMANS ARE AW GLAIKIT! CAN A CUSHIE-DOO NO HAE A DAY'S SLEEP ROON HERE?
!?!
DAITH TAE THE LIONS
YOUS HAVENAE ESCAPED?
NAW. NOO SHUT THE DOOR AND GET THAT LOCK SORTIT!
SORRY ABOOT THAT.
AWA YE GO AND GIE US PEACE!
THEY'RE WARLOCKS!
AYE, GAULISH WARLOCKS!
THAE GAULS HAE SOME UNCO RADGE GODS, TAE!
WE'LL HAE TAE HUCKLE THEM OOT O HERE PRONTO! I WIS GONNAE WAIT ON CAESAR GETTIN BACK BUT NO NOO. AND TELL THE GUAIRD IF THEY SEE ONYTHIN TAE CAW CANNY AND NAE PILEY-ONS!

I DINNAE LIKE BIG TOUNS. I NEVER SLEEP WEEL IN THEM. I AYE FEEL SHUT IN...
VERITAS ODIUM PARIT
WE HAE TAE FINN CAESAR... HE'S USUALLY RICHT ABLOW HIS LAUREL BUNNET.
DAITH TAE THE LIONS
AH, HOO YE DAEIN? YOU MAUN BE MA CLIENTS!
YER CLIENTS?
AYE, I'M YER ADVOCATE, TITUS TIMEOUS!
YE'RE GAUN TAE BE TRIED THE DAY AND I'LL BE REPRESENTIN YE. OCH, IT'S A BRAMMER O A CASE FOR ME. TWA GAULISH WARLOCKS? THE COORT'LL BE HOTCHIN...
I'VE GOT A BRAW SPEECH AW WARKED OOT. IT STERTS: CARTHAGO DELENDA EST, AS THE GREAT CATO WANCE SAID...
ARE YOU GONNAE GET US LOWSED?
ARE YE AFF YER HEID? THEY'VE GOT HUNNERS O NEW ANIMALS AT THE CIRCUS AND THEY'VE NO CHAWED ON ONYBODY YET. BUT TWA GAULISH WARLOCKS? THAT'LL BE A STOTTIN SHOW!
DOES JULIUS CAESAR GANG TAE THESE SHOWS?
AYE... CARTHAGO DELENDA EST, IS HOO I'M GONNAE KICK AFF...
AND WHEN HE GANGS TAE THE CIRCUS, DOES HE WEAR THE LAUREL BUNNET ON HIS HEID?
WEEL, PAL, I'VE NEVER SEEN HIM IN A JIMMY WIG... BUT LISTEN NOO TAE MA GRAUND SPEECH: CARTHAGO DELENDA EST, AS THE GREAT CATO SAID...
?
BONG! BONG!
THE GAULISH WARLOCKS ARE TAE GET OXTERED OOT TAE THE TRIAL!

WILL THE DELATOR* ADDRESS THE COORT?
* PROSECUTOR
NOTHIN TAE WORRY ABOOT!
CARTHAGO DELENDA EST, AS THE GREAT CATO SAID...
CA...CA...CARTHAGO DELENDA EST? HOO? WHIT? BUT I WIS GONNAE SAY THAT!
WHEESHT, ADVOCATE! YOU'LL GET YER TURN TAE SPEAK EFTER!
BANG! BANG!
DAE YE MIND IF I CAIRRY ON?

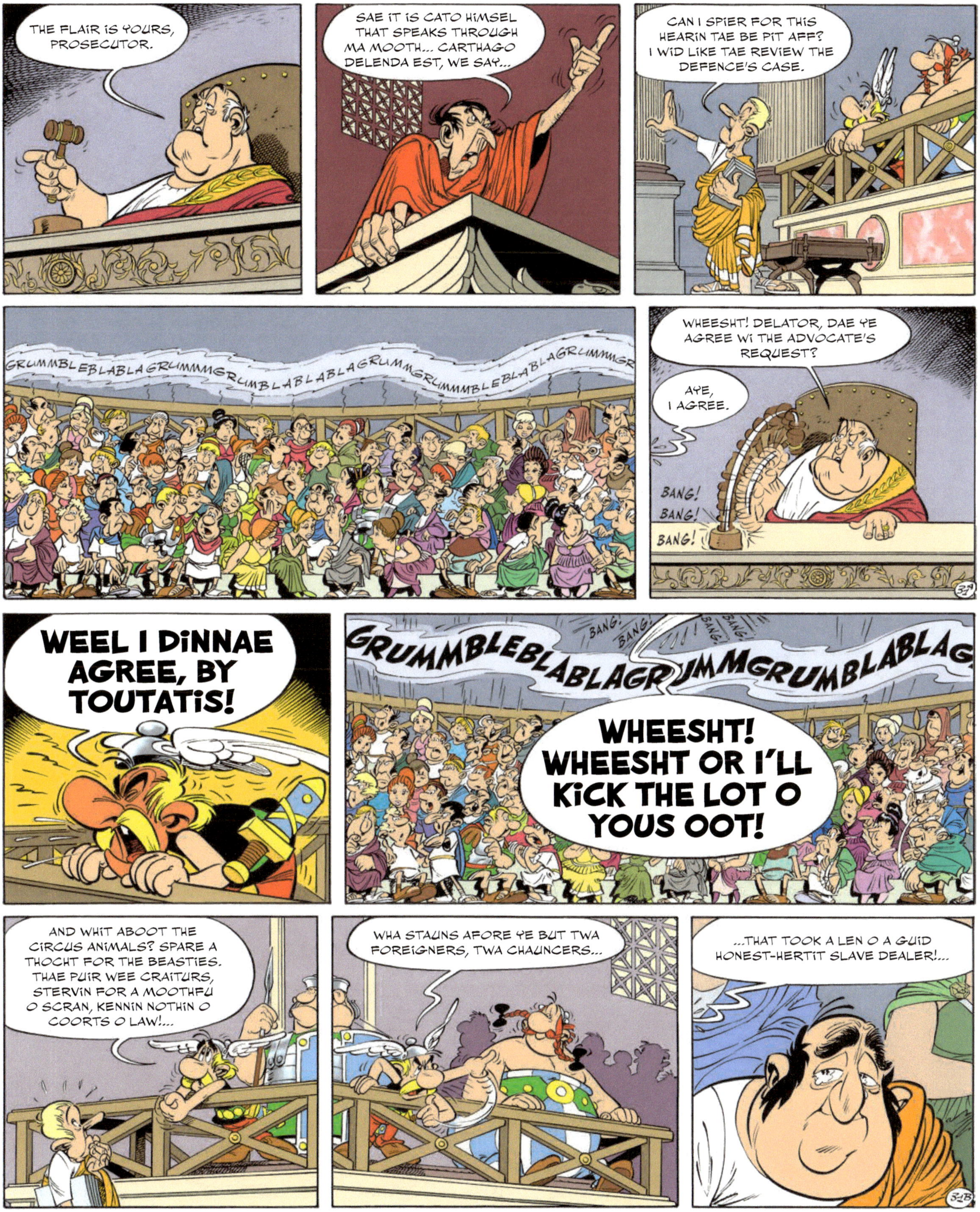
THE FLAIR IS YOURS, PROSECUTOR.
SAE IT IS CATO HIMSEL THAT SPEAKS THROUGH MA MOOTH... CARTHAGO DELENDA EST, WE SAY...
CAN I SPIER FOR THIS HEARIN TAE BE PIT AFF? I WID LIKE TAE REVIEW THE DEFENCE'S CASE.
GRUMMBLEBLABLAGRUMMMGRUMBLABLABLAGRUMMGRUMMMBLEBLABLAGRUMMMGR
WHEESHT! DELATOR, DAE YE AGREE WI THE ADVOCATE'S REQUEST?
AYE, I AGREE.
BANG! BANG! BANG!
WEEL I DINNAE AGREE, BY TOUTATIS!
BANG! BANG! BANG! BANG!
GRUMMBLEBLABLAGRUMMGRUMBLABLAG
WHEESHT! WHEESHT OR I'LL KICK THE LOT O YOUS OOT!
AND WHIT ABOOT THE CIRCUS ANIMALS? SPARE A THOCHT FOR THE BEASTIES. THAE PUIR WEE CRAITURS, STERVIN FOR A MOOTHFU O SCRAN, KENNIN NOTHIN O COORTS O LAW!...
WHA STAUNS AFORE YE BUT TWA FOREIGNERS, TWA CHAUNCERS...
...THAT TOOK A LEN O A GUID HONEST-HERTIT SLAVE DEALER!...

TWA CHARACTERS THAT SWICKED THEIR WEY IN TAE THE HAME O YIN O THE TOUN'S MAIST KENSPECKLE FAIMLIES – WI THE SINGIL THOCHT O GETTIN INTAE A POSITION WHAUR THEY COULD MALKIE THAT MAIST GLORIOUS O MANNIES, JULIUS CAESAR...
AND YOUR INTENTION NOO IS TAE SKITTER AWA PRECIOUS TIME WI POINTLESS HAIVERS?
NAW, YER HONOUR! NAE WEY! I SAY FLING US TAE THE BEASTIES!
AND LET JULIUS CAESAR HIMSEL, HIS NOBLE HEID CROONED WI HIS LAUREL BUNNET, COME AND SEE THIR INNOCENT BEASTIES AT THEIR SCRAN...
AND AS THE SWORD O JUSTICE FAWS SAE LET THIR PUIR CRAITURS TEAR THE GAULISH BAUCHLES LIMB FAE LIMB! I REST MA CASE.
SNIFF SNIFF SNIFF SNIFF SNIFF SNIFF SNIFF SNIFF SNIFF SNIFF
SNIFF!
THIS COORT FINDS THE ACCUSED GUILTY. THEY WILL BE FLUNG TAE THE PUIR WEE LIONS AT THE CIRCUS MAXIMUS!
BRAVO! BRAVO! BRAVO!
BANG!
LANG LIVE THE CONDEMNED! BRAVO!
BRAVO! BRAVO!
WISNAE A CLASSIC SPEECH BUT IT DID THE JOAB!
THAE LIONS ARE LUCKY, GEY LUCKY!
CLEAR THE COORT, LEGIONARIES! CLEAR THE COORT!

YIN O THE HONKIN CELLS ABLOW THE CIRCUS MAXIMUS...
TIFUS HAS SENT YE THIS JOUG O WINE, AND THIR GIFTIES IS FAE NEBBITUS AND HIS FAIMLY...
THIR BOARS IS BRAW!
THERE'S NAE HERM BEIN CONDEMNED, EH? I COULD GET USED TAE AW THIS...
AYE, NO LIKE THAE PUIR SOWELS CONDEMNED TAE GET FLUNG AFF THE TARPEIN ROCK... THE SCRAN THEY GET IS BOWFIN.
WE HAE A BRAW PROGRAMME WARKED OOT FOR YOUS: LIONS, PANTHERS, LEOPARDS AND TEEGERS. AND THEY'RE PURE BELTERS TAE! HIV BEEN CHAWIN ON LETTUCE LEAFS JIST AW WEEK...
BUT DINNAE FEEL DOON-HERTIT, BOAYS! WE'RE REALLY SPILIN YE!
CLANG!
ASTERIX, I'M FEART!
FEART? FEART O THE LIONS?
NAW, NO THE LIONS. THE AUDIENCE... KEN, AW THAE FOWK!
OCH, WANCE YE'RE IN THE ARENA, YE'LL BE AWRICHT...
I'M SHAIR THAT WANCE MAIST FOWK GET FLUNG IN THE RING THEY SOON FORGET AW ABOOT THE CROOD AND FOCUS MAIR ON THE BEASTIES...
WHIT IF I MAK A RICHT EEJIT O MASEL?
HAW, DAE US A FAVOUR, WILL YE? HIV YE GOT ONY O THAT ILE THAE GLADIATORS SLAISTER AW OWER THEIR BODY?
ILE?
SEE YOU... WID YOU NO BE BETTER AFF BATTERIN ON THE BUTTER?

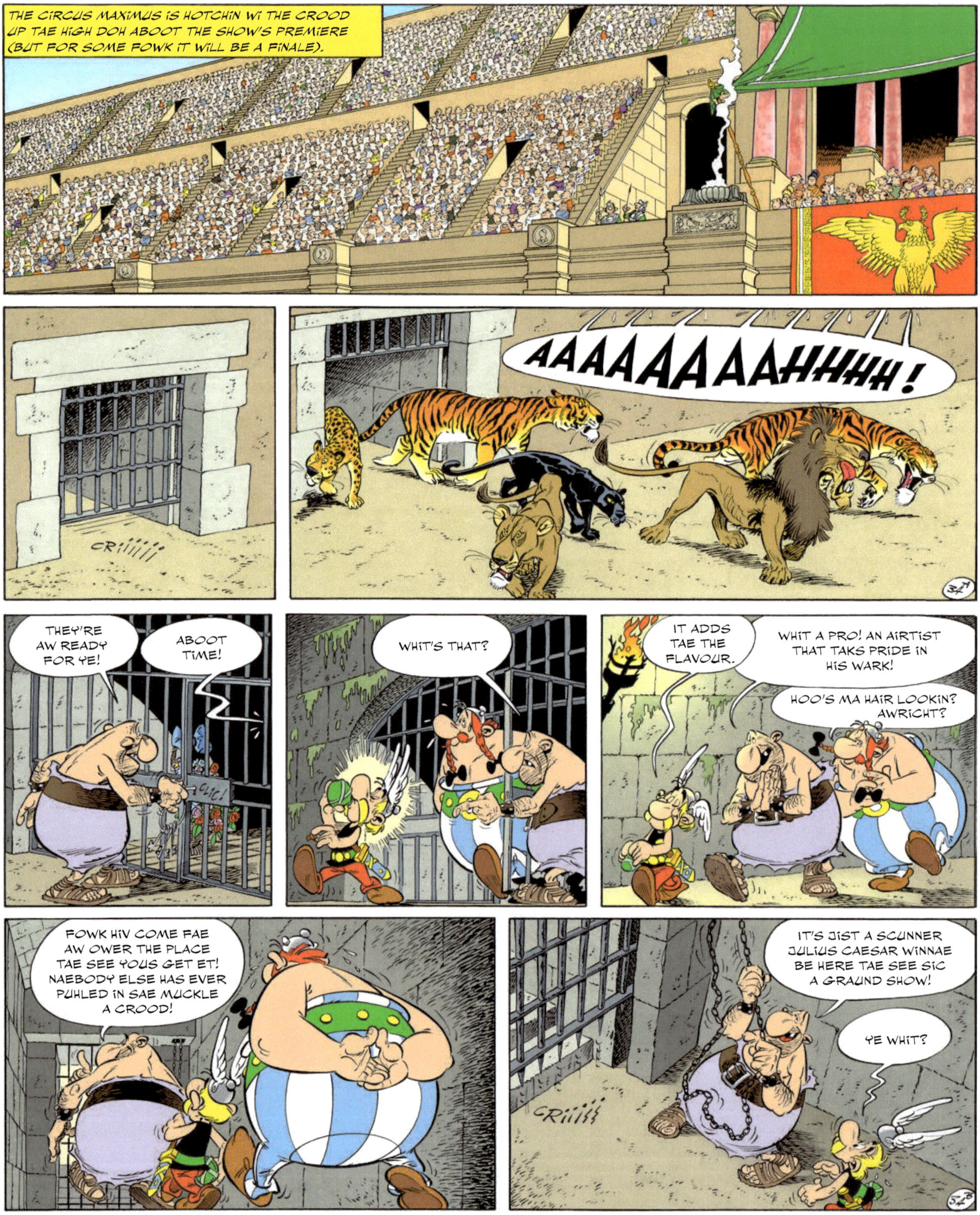
THE CIRCUS MAXIMUS IS HOTCHIN WI THE CROOD UP TAE HIGH DOH ABOOT THE SHOW'S PREMIERE (BUT FOR SOME FOWK IT WILL BE A FINALE).
CRIIIII
AAAAAAAAHHHH!
THEY'RE AW READY FOR YE!
ABOOT TIME!
CLIC!
WHIT'S THAT?
IT ADDS TAE THE FLAVOUR.
WHIT A PRO! AN AIRTIST THAT TAKS PRIDE IN HIS WARK!
HOO'S MA HAIR LOOKIN? AWRICHT?
FOWK HIV COME FAE AW OWER THE PLACE TAE SEE YOUS GET ET! NAEBODY ELSE HAS EVER PUHLED IN SAE MUCKLE A CROOD!
CRIIIII
IT'S JIST A SCUNNER JULIUS CAESAR WINNAE BE HERE TAE SEE SIC A GRAUND SHOW!
YE WHIT?

CRIIIII
I SAID CAESAR ISNAE HERE...
WHAUR IS HE?
HE'S AWA ON A CAMPAIGN HUCKLIN PIRATES, I THINK... RICHT, YOU KEN WHIT TAE DAE!
POF! POF!
IF CAESAR'S NO HERE, WE'RE NO GAUN OOT! WE'LL JIST WAIT ON HIM!
WHIT? WAIT ON HIM? YE CANNAE DAE THAT!
AYE, WE CAN!
AND YOU KEN WHIT TAE DAE NOO AND AW!
HAW, WHAUR ARE THEY? THE CROOD ARE TURNIN CRABBIT AND A LION'S AWREADY HAUF CHAWED A PANTHER!
THEY'RE NO COMIN OOT!
OCH, I'VE SEEN THIS AFORE. IT'S JIST FIRST NICHT NERVES.
IT'S AWRICHT! THE CROOD ISNAE GONNAE EAT YE!
WE'RE NO GAUN OOT!
AND WE'RE NO COMIN OOT IF WE DINNAE WANT TAE!
WE'LL NEED TAE HELP THEM, JILER!
MIBBES AYE...
WILL WE DAE IT, ASTERIX?
HOOCH, AYE!
SCLAFF!
FLOC!
GONNAE SEE'S UP THAT WHUP, ASTERIX?
GUAAIRDS!

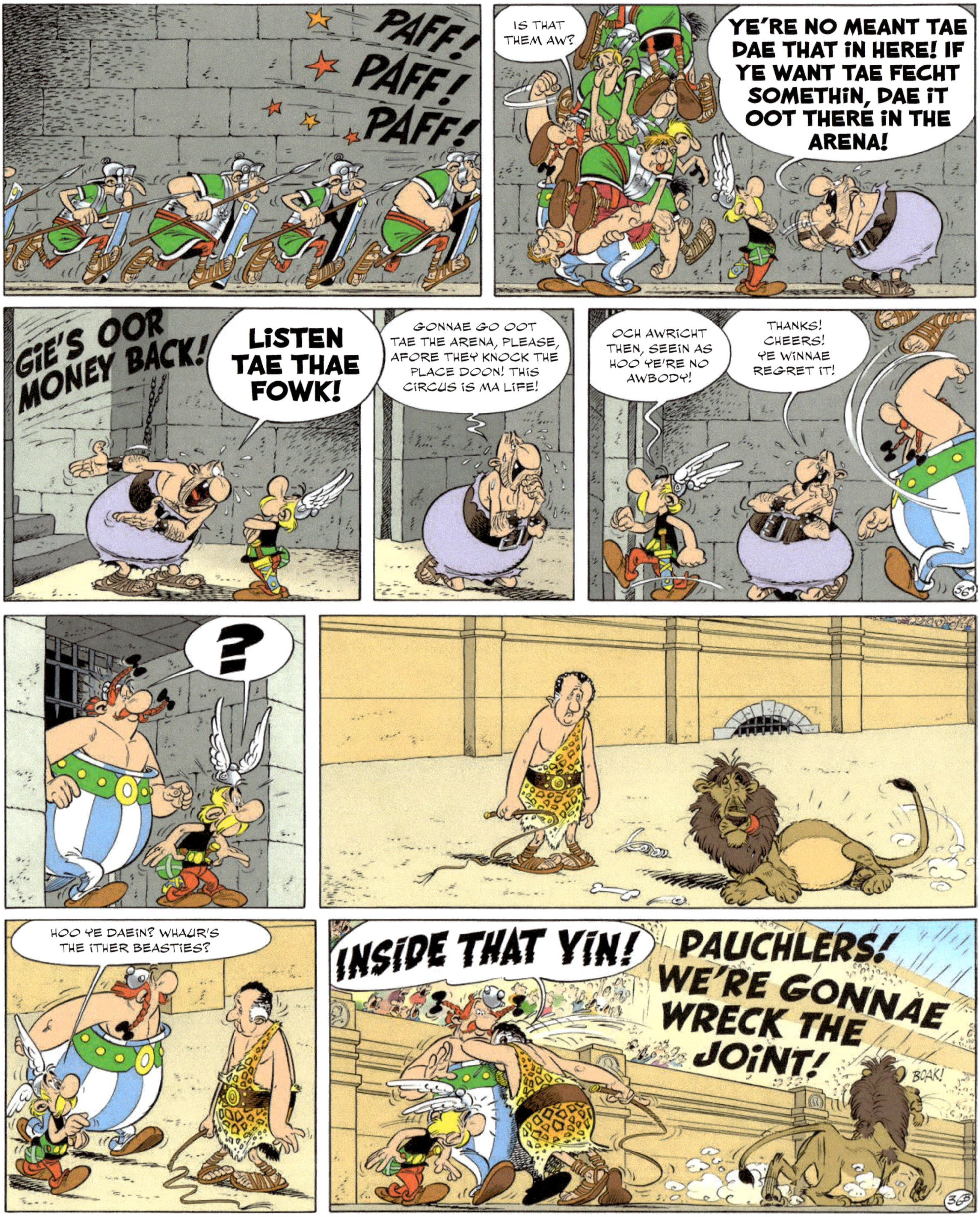

PAFF! PAFF! PAFF!
IS THAT THEM AW?
YE'RE NO MEANT TAE DAE THAT IN HERE! IF YE WANT TAE FECHT SOMETHIN, DAE IT OOT THERE IN THE ARENA!
GIE'S OOR MONEY BACK!
LISTEN TAE THAE FOWK!
GONNAE GO OOT TAE THE ARENA, PLEASE, AFORE THEY KNOCK THE PLACE DOON! THIS CIRCUS IS MA LIFE!
OCH AWRICHT THEN, SEEIN AS HOO YE'RE NO AWBODY!
THANKS! CHEERS! YE WINNAE REGRET IT!
?
HOO YE DAEIN? WHAUR'S THE ITHER BEASTIES?
INSIDE THAT YIN!
PAUCHLERS! WE'RE GONNAE WRECK THE JOINT!
BOAK!

GUAIRDS! CLEAR THE CIRCUS!
OOT! AWBODY OOT, BY JUPITER!
I SAID AWBODY OOT!
NO US, THOUGH! AWBODY BUT US!
WHEESHT, OBELIX!
THAT RAMMY WIS GEY HAUNDY. IT GOT US OOT O THE CIRCUS NAE BOTHER. NOO LET'S FIND A PLACE TAE HAE A SLEEP.
OH AYE. SLEEP!
THIS'LL DAE JIST FINE HERE AND THE MORRA WE'LL WORK OOT A NEW PLAN.
AT NICHT, THE STREETS O ROME ARE GEY DANGEROUS AND THE SEBACIARIA (THE NICHT WATCH) ARE HAUNLESS. THE STREETS ARE UNNER THE CONTROL O THE EFFRACTORES AND RAPTORES — KILLERS, THIEFS AND AW SORTS O ITHER BAMPOTS.
BY THE DEIL'S NICKYTAMS! HERE'S TWA BLOOTERED CITIZENS SLEEPIN IT AFF. C'MOAN WE'LL TAK THEIR SILLER!
DAE YOUS ROMANS NEVER SLEEP?
SCUD!

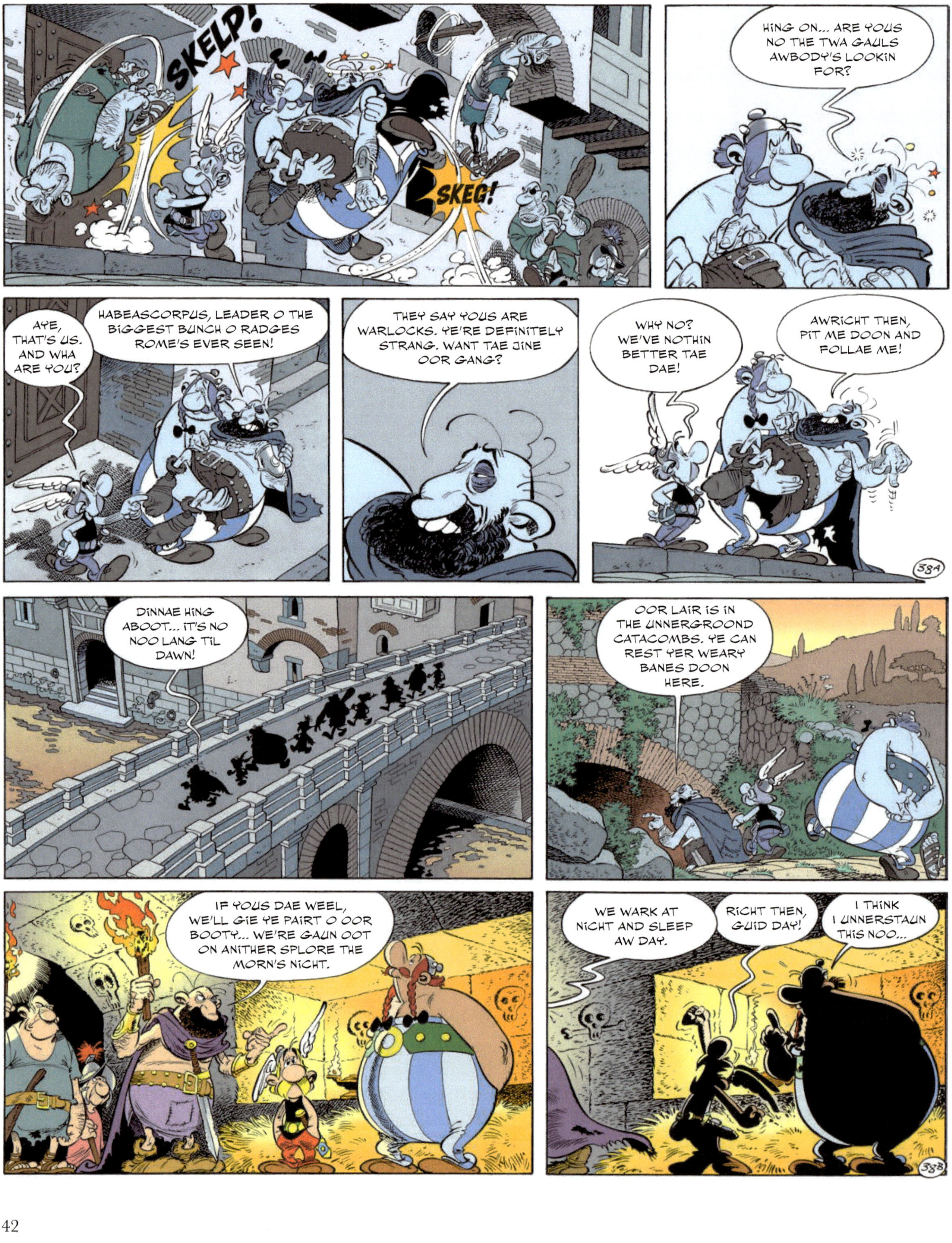
SKELP!
SKEG!
HING ON... ARE YOUS NO THE TWA GAULS AWBODY'S LOOKIN FOR?
AYE, THAT'S US. AND WHA ARE YOU?
HABEASCORPUS, LEADER O THE BIGGEST BUNCH O RADGES ROME'S EVER SEEN!
THEY SAY YOUS ARE WARLOCKS. YE'RE DEFINITELY STRANG. WANT TAE JINE OOR GANG?
WHY NO? WE'VE NOTHIN BETTER TAE DAE!
AWRICHT THEN, PIT ME DOON AND FOLLAE ME!
DINNAE HING ABOOT... IT'S NO NOO LANG TIL DAWN!
OOR LAIR IS IN THE UNNERGROOND CATACOMBS. YE CAN REST YER WEARY BANES DOON HERE.
IF YOUS DAE WEEL, WE'LL GIE YE PAIRT O OOR BOOTY... WE'RE GAUN OOT ON ANITHER SPLORE THE MORN'S NICHT.
WE WARK AT NICHT AND SLEEP AW DAY.
RICHT THEN, GUID DAY!
I THINK I UNNERSTAUN THIS NOO...

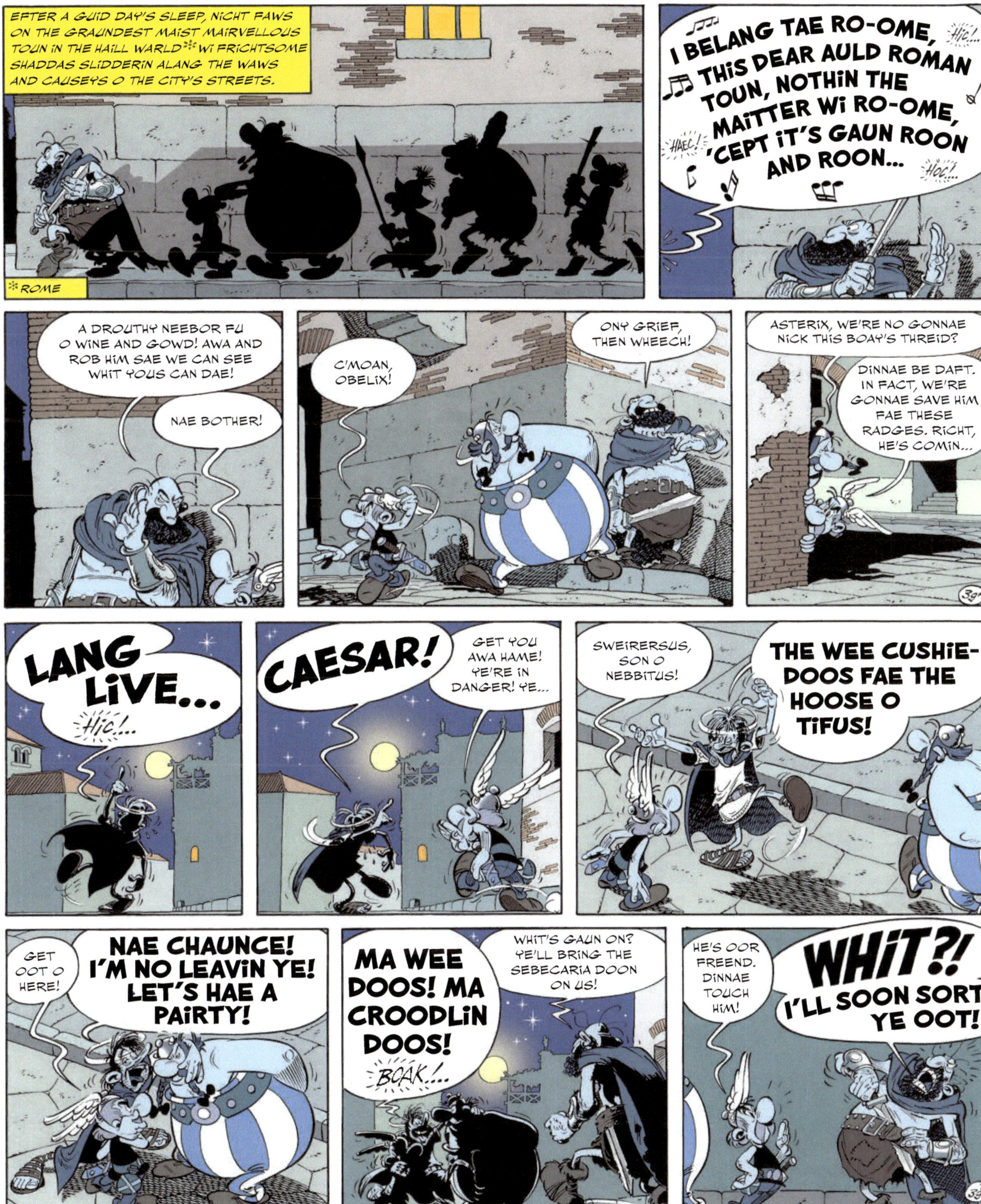
EFTER A GUID DAY'S SLEEP, NICHT FAWS ON THE GRAUNDEST MAIST MAIRVELLOUS TOUN IN THE HAILL WARLD* WI FRICHTSOME SHADDAS SLIDDERIN ALANG THE WAWS AND CAUSEYS O THE CITY'S STREETS.
*ROME
I BELANG TAE RO-OME, THIS DEAR AULD ROMAN TOUN, NOTHIN THE MAITTER WI RO-OME, 'CEPT IT'S GAUN ROON AND ROON...
HIC!...
HAEC!
HOC!...
A DROUTHY NEEBOR FU O WINE AND GOWD! AWA AND ROB HIM SAE WE CAN SEE WHIT YOUS CAN DAE!
NAE BOTHER!
C'MOAN, OBELIX!
ONY GRIEF, THEN WHEECH!
ASTERIX, WE'RE NO GONNAE NICK THIS BOAY'S THREID?
DINNAE BE DAFT. IN FACT, WE'RE GONNAE SAVE HIM FAE THESE RADGES. RICHT, HE'S COMIN...
LANG LIVE...
HIC!...
CAESAR!
GET YOU AWA HAME! YE'RE IN DANGER! YE...
SWEIRERSUS, SON O NEBBITUS!
THE WEE CUSHIE-DOOS FAE THE HOOSE O TIFUS!
GET OOT O HERE!
NAE CHAUNCE! I'M NO LEAVIN YE! LET'S HAE A PAIRTY!
MA WEE DOOS! MA CROODLIN DOOS!
BOAK!...
WHIT'S GAUN ON? YE'LL BRING THE SEBECARIA DOON ON US!
HE'S OOR FREEND. DINNAE TOUCH HIM!
WHIT?! I'LL SOON SORT YE OOT!

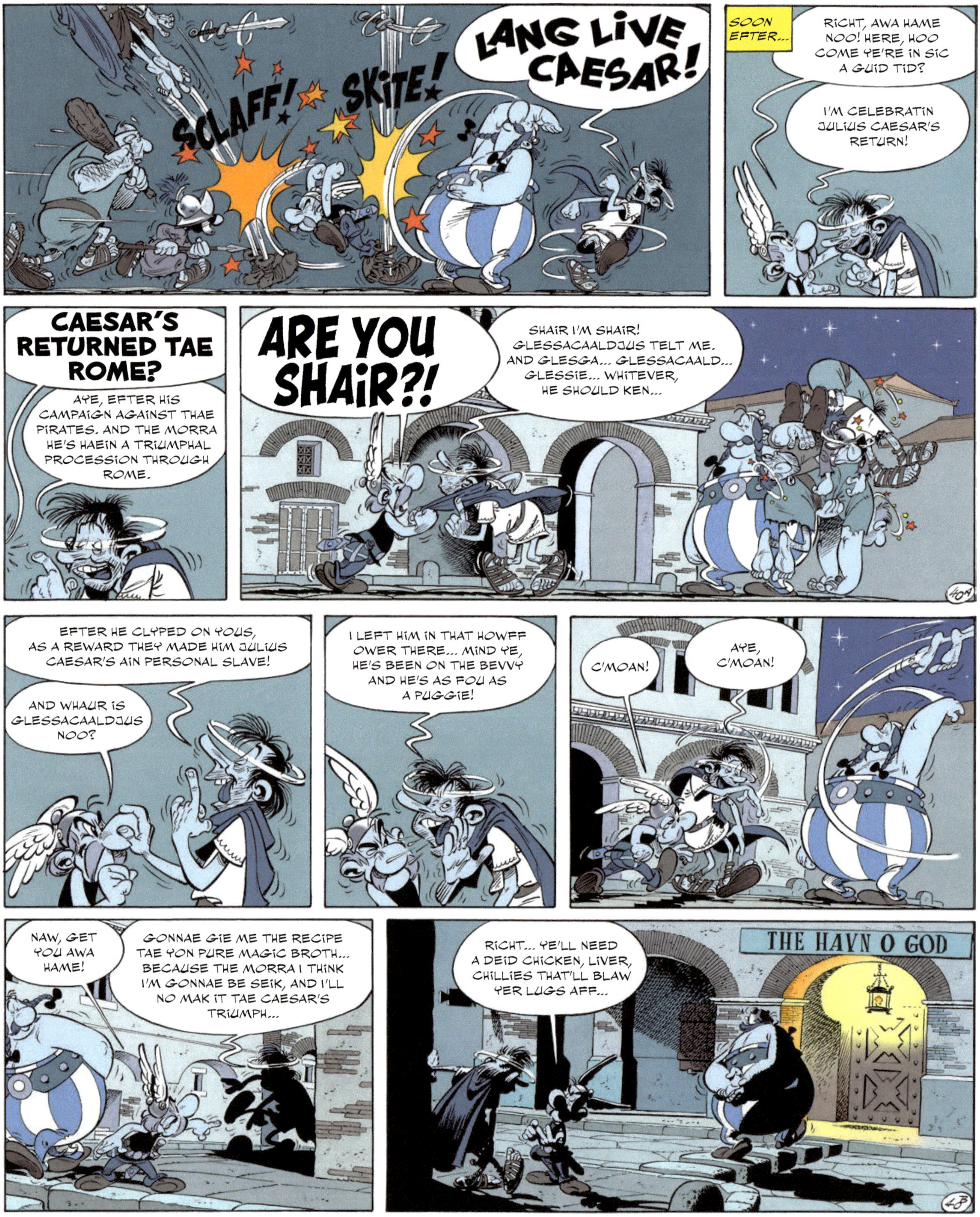
SCLAFF!
SKITE!
LANG LIVE CAESAR!
SOON EFTER...
RICHT, AWA HAME NOO! HERE, HOO COME YE'RE IN SIC A GUID TID?
I'M CELEBRATIN JULIUS CAESAR'S RETURN!
CAESAR'S RETURNED TAE ROME?
AYE, EFTER HIS CAMPAIGN AGAINST THAE PIRATES. AND THE MORRA HE'S HAEIN A TRIUMPHAL PROCESSION THROUGH ROME.
ARE YOU SHAIR?!
SHAIR I'M SHAIR! GLESSACAALDJUS TELT ME. AND GLESGA... GLESSACAALD... GLESSIE... WHITEVER, HE SHOULD KEN...
EFTER HE CLYPED ON YOUS, AS A REWARD THEY MADE HIM JULIUS CAESAR'S AIN PERSONAL SLAVE!
AND WHAUR IS GLESSACAALDJUS NOO?
I LEFT HIM IN THAT HOWFF OWER THERE... MIND YE, HE'S BEEN ON THE BEVVY AND HE'S AS FOU AS A PUGGIE!
C'MOAN!
AYE, C'MOAN!
NAW, GET YOU AWA HAME!
GONNAE GIE ME THE RECIPE TAE YON PURE MAGIC BROTH... BECAUSE THE MORRA I THINK I'M GONNAE BE SEIK, AND I'LL NO MAK IT TAE CAESAR'S TRIUMPH...
RICHT... YE'LL NEED A DEID CHICKEN, LIVER, CHILLIES THAT'LL BLAW YER LUGS AFF...
THE HAVN O GOD

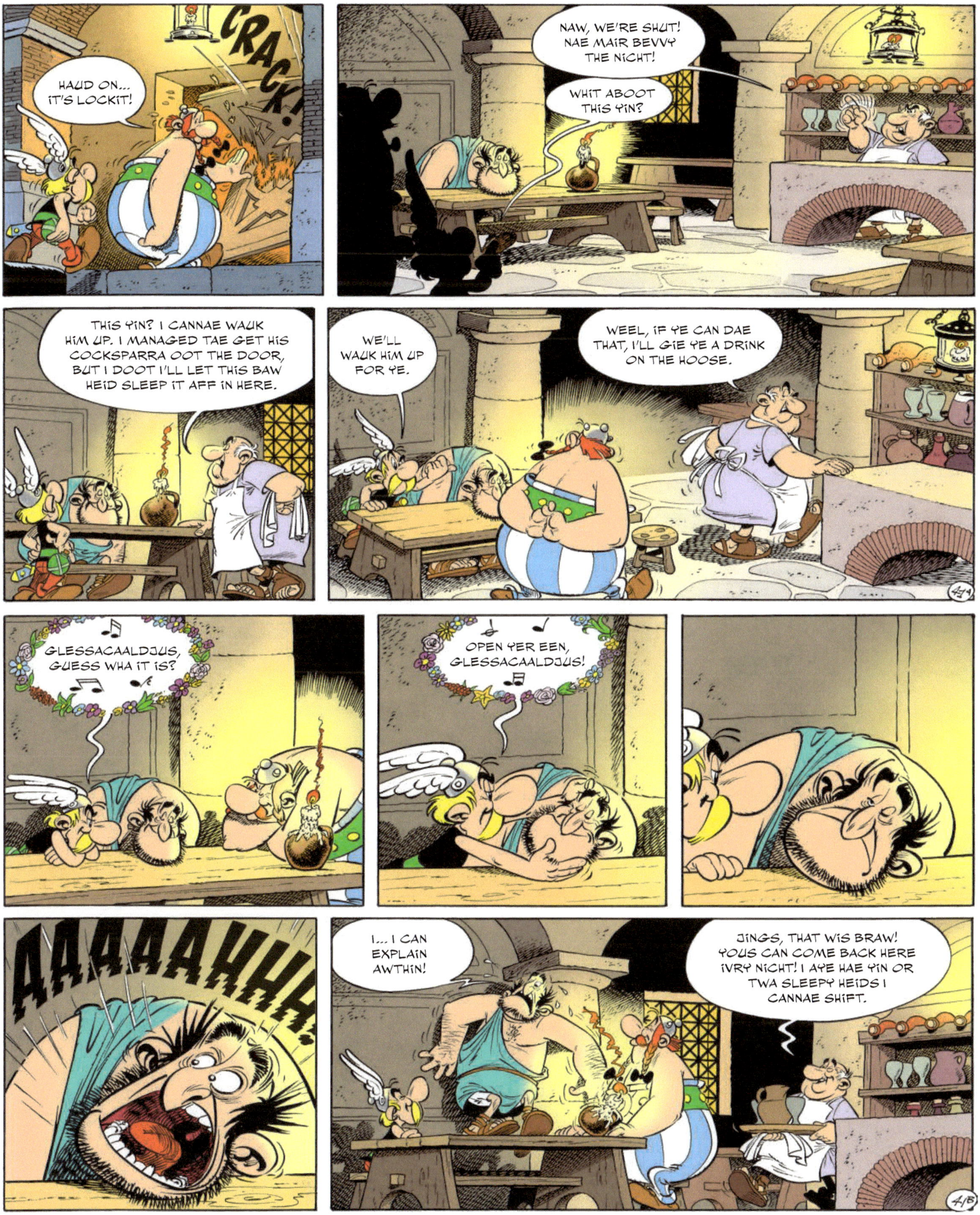
HAUD ON... IT'S LOCKIT!
CRACK!
NAW, WE'RE SHUT! NAE MAIR BEVVY THE NICHT!
WHIT ABOOT THIS YIN?
THIS YIN? I CANNAE WAUK HIM UP. I MANAGED TAE GET HIS COCKSPARRA OOT THE DOOR, BUT I DOOT I'LL LET THIS BAW HEID SLEEP IT AFF IN HERE.
WE'LL WAUK HIM UP FOR YE.
WEEL, IF YE CAN DAE THAT, I'LL GIE YE A DRINK ON THE HOOSE.
GLESSACAALDJUS, GUESS WHA IT IS?
OPEN YER EEN, GLESSACAALDJUS!
AAAAAHH!
I... I CAN EXPLAIN AWTHIN!
JINGS, THAT WIS BRAW! YOUS CAN COME BACK HERE IVRY NICHT! I AYE HAE YIN OR TWA SLEEPY HEIDS I CANNAE SHIFT.

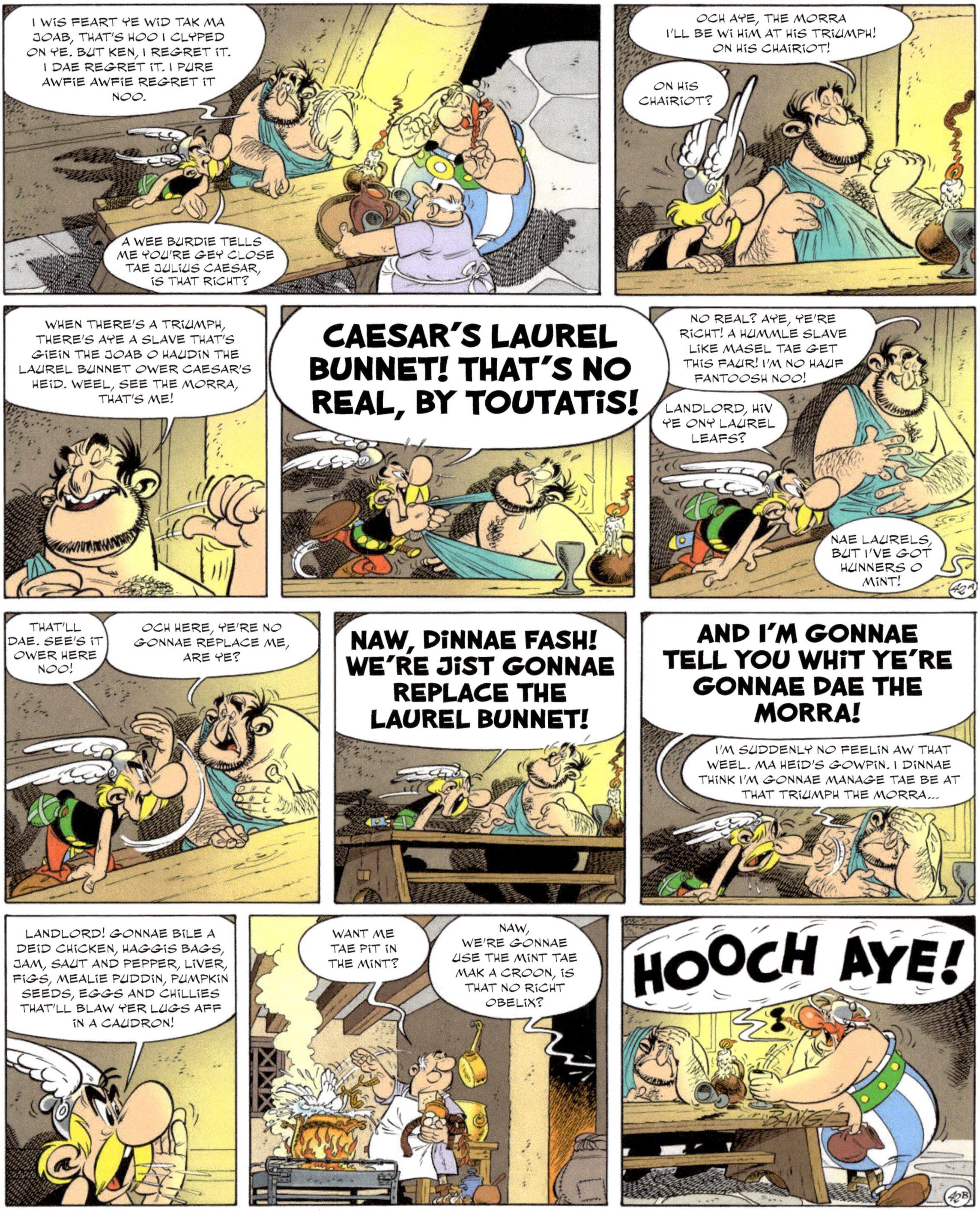
I WIS FEART YE WID TAK MA JOAB, THAT'S HOO I CLYPED ON YE. BUT KEN, I REGRET IT. I DAE REGRET IT. I PURE AWFIE AWFIE REGRET IT NOO.
A WEE BURDIE TELLS ME YOU'RE GEY CLOSE TAE JULIUS CAESAR, IS THAT RICHT?
OCH AYE, THE MORRA I'LL BE WI HIM AT HIS TRIUMPH! ON HIS CHAIRIOT!
ON HIS CHAIRIOT?
WHEN THERE'S A TRIUMPH, THERE'S AYE A SLAVE THAT'S GIEIN THE JOAB O HAUDIN THE LAUREL BUNNET OWER CAESAR'S HEID. WEEL, SEE THE MORRA, THAT'S ME!
CAESAR'S LAUREL BUNNET! THAT'S NO REAL, BY TOUTATIS!
NO REAL? AYE, YE'RE RICHT! A HUMMLE SLAVE LIKE MASEL TAE GET THIS FAUR! I'M NO HAUF FANTOOSH NOO!
LANDLORD, HIV YE ONY LAUREL LEAFS?
NAE LAURELS, BUT I'VE GOT HUNNERS O MINT!
THAT'LL DAE. SEE'S IT OWER HERE NOO!
OCH HERE, YE'RE NO GONNAE REPLACE ME, ARE YE?
NAW, DINNAE FASH! WE'RE JIST GONNAE REPLACE THE LAUREL BUNNET!
AND I'M GONNAE TELL YOU WHIT YE'RE GONNAE DAE THE MORRA!
I'M SUDDENLY NO FEELIN AW THAT WEEL. MA HEID'S GOWPIN. I DINNAE THINK I'M GONNAE MANAGE TAE BE AT THAT TRIUMPH THE MORRA...
LANDLORD! GONNAE BILE A DEID CHICKEN, HAGGIS BAGS, JAM, SAUT AND PEPPER, LIVER, FIGS, MEALIE PUDDIN, PUMPKIN SEEDS, EGGS AND CHILLIES THAT'LL BLAW YER LUGS AFF IN A CAUDRON!
WANT ME TAE PIT IN THE MINT?
NAW, WE'RE GONNAE USE THE MINT TAE MAK A CROON, IS THAT NO RICHT OBELIX?
HOOCH AYE!
BANG!

AT DAW O DAY, DOON A VENNEL NEAR CAESAR'S PALACE...
THERE HE'S!
THAT BROTH O YOURS IS NO REAL!
TAK IT! QUICK!
CAESAR'S LAUREL BUNNET!
DINNAE FORGET THE MINT BUNNET!
DAE YOUS PROMISE I'LL NEVER SEE YIS AGAIN?
DEFINATELY, BY TOUTATIS!
AS TRIUMPHS GO, THIS IS A STOTTER... THE BOOTY'S NOTHIN TAE WRITE HAME ABOOT, BUT THE PRISONERS ARE WARTH A SECOND KEEK...
TARATARIIII
TOOOT
TILDUIIIT!
YE AYE SAID YE'D LEAD US IN TRIUMPH. WEEL, WHIT KINNA TRIUMPH DAE YE CAA THIS, BEUY?
LOWPIN UP AND DOON AND GAUN DAFT, THE CROOD'S PRAISE FOR CAESAR IS THAT LOOD NAEBODY NOTICES THE TRIUMPHATOR'S CROON ISNAE MADE O LAURELS...
AVE JULIUS CAESAR!
AVE CAESAR!
CAESAR!
CAESAR!
NAEBODY? MIBBES NAW. FOR IT'S NO EASY TAE TRICK THE NEB O THE MICHTY CAESAR, O THE WOOF BORN O THE ROMAN SHE-WOOF!
FUNNY... I SUDDENLY FEEL LIKE I'VE BEEN TURNED INTAE A GRILLED FUSH...

WEEL, HOOZTRIX, HOO DAE YE LIKE MA SOUP SEASONED WI CAESAR'S LAUREL BUNNET?
YE'RE MIBBE COMIN DOON WI GOWD BUT YE'VE NEVER TASTIT ONYTHIN LIKE THIS AT YOUR HOOSE, HIV YE?
OCH THERE'S OWER MUCKLE SAUT AND THE MAET'S JIST NO AS GUID AS YE'D GET IN LUTETIA...
WANNER!
ABLOW THE HAIRST MUIN AND THE SKINKLIN STAURS, THE GAULISH CLACHAN FAIR LAPS UP THIS BYORDINAR SOUP. BUT ASTERIX AND OBELIX LEFT IN ROME THE RECIPE FOR ANITHER BYORDINAR SOUP AND THAE ROMANS SCRANNED THAT SOUP DAY AND NICHT TAE THEY AW GREW FAT AND FOZIE AND THEIR LUGS BLEW AFF WHICH NAE DOOT WIS THE REASON THEIR EMPIRE FELL. FOR AS WE KEN, SCRAN AND DRINK IS BEST TAEN IN MODERATION... HOOCH AYE!
DINNAE TELL ME YOU SING AND AW?
end
O THE ADVENTURE
UDERZO & GOSCINNY